2018 new

3. —

12.)

D1677953

Der geheim- nisvolle Gast

Eine fast wahre Geschichte

Ernst-Peter Krebs

Für Bigna und Ellen

Erste Auflage Herbst 2017

Alle Rechte vorbehalten

Copyright © 2017 by Ernst-Peter Krebs

Schriften: Filo Pro, Avenir

Druck, Bindung: CPI – Ebner & Spiegel, Ulm

Papier: Schleipen Werkdruck, bläulichweiß, 90 g/m², 1.75

ISBN 978-3-9524766-3-5

Ein hoher Gast

Die Sommersaison 1950 neigte sich dem Ende zu, und die Luzerner Hoteliers blickten mit Genugtuung auf den Gang der Geschäfte. Die Anzahl der Übernachtungen stieg stetig, trotz der ungewissen politischen Lage in Europa, geprägt durch das Säbelrasseln zwischen Ost und West.

Vor etwas mehr als zehn Jahren hatten Emil und Minna Krebs die Leitung ihres Hotels in die Hände ihrer Kinder gelegt. Die 1899 geborene, robuste, mit beiden Beinen auf dem Boden stehende Wally Souvoroff kümmerte sich fortan um die Küche, die 13 Monate jüngere, schlanke Hilde Krebs um den Empfang und die Administration. Der vier Jahre nach Hilde geborene, leicht übergewichtige Arno Krebs, der die kräftigen Hände oft in seinen Hosentaschen vergrub, sorgte sich um die Außenbeziehungen. Er hatte im lokalen Hoteliersverein verschiedene Aufgaben übernommen, und die Wähler der Liberalen Partei hatten ihm bereits zum zweiten Mal ein Großratsmandat zugedacht. Der jüngste Sohn, der den Vornamen seines Vaters trug, hatte das Elternhaus früh verlassen. Er hatte eine Verkaufslehre absolviert und arbeitete in einem bekannten Juweliergeschäft in Luzern, wo er unlängst zum Verkaufsleiter befördert wurde.

Die Eltern blieben weiter im Hotel wohnen, teils aus Bequemlichkeit, teils aus Kurzweil. Der Patron schätzte die Hotelatmosphäre, im Speziellen die Unterhaltungen mit den Gästen. Es war dann auch dieser soziale Umgang, der ihm vor zwei Jahren half, den Tod seiner Ehefrau, diesen schmerzlichen Einschnitt, zu verarbeiten.

Der schlanke, für die damalige Zeit groß gewachsene Hotelier kleidete sich immer noch ausschließlich in dunkle Jacketts mit grauen oder grau-schwarz gestreiften Hosen, weißem Hemd mit steifem Kragen, um den er eine farbige Krawatte zu binden pflegte. Anderseits war sein Name vor langer Zeit aus allen Gästelisten größerer Anlässe gefallen, und der eingekampferte Stresemann hing seither unbenutzt in einem Kleiderschrank im Dachstock.

Im August hatte Vater Krebs im Kreise seiner Nachkommen seinen 86. Geburtstag gefeiert.

Der Gang des Seniors blieb aufrecht, auch wenn er immer öfter seinen Gehstock mit silbernem Knauf in Form eines Fisches benutzte. Sein Haar war seit vielen Jahren weiß, richtig weiß und ganz und gar nicht schütter. Nach bestandener Kochlehre hatte er sich einen Zwirbelbart wachsen lassen, den er mit zunehmendem Alter nach und nach bis auf zwei, drei Finger zurückstutzte. Anfänglich achtete er darauf, die grauen Haare auszuzupfen. Die Bemerkung seiner Frau Minna, dass ihm weiß gut stehe, half ihm, diese Eitelkeit abzulegen. Ein größeres Problem waren seine mehr grauen als grünen Augen, deren Sehkraft über die Jahre stark nachgelassen hatte.

Das Hotel, ein Haus der oberen Mittelklasse, hatte er vor 40 Jahren von einem Herrn Simmen erworben und zusammen mit seiner Familie mit Herzblut betrieben. Der Vorbesitzer hatte das Gebäude, eine Blockrandbebauung, zu einem Hotel umgebaut und einen Fahrstuhl einbauen lassen.

Die Liegenschaft lag im Herzen der Stadt, an der beidseitig mit Hainbuchen gesäumten Zentralstraße, gleich neben dem Bahnhof.

★

Der hohe Gast ließ sich Mitte September telefonisch ankündigen. Eine weibliche Stimme erkundigte sich im Namen von *Her Majesty's Most Loyal Opposition* über freie Zimmer mit Sicht auf die Berge.

Nachdem der Preis für ein ruhiges Zimmer einschließlich Halbpension ausgehandelt worden war, nahm Hilde Krebs die Reservation für Herrn Archibald Sharp entgegen. Dieser würde am 23. September für einen Aufenthalt von 10 bis 14 Tagen in Luzern eintreffen. Da die genaue Ankunftszeit noch nicht bekannt war, bat Hilde Krebs um vorhergehende Benachrichtigung, damit der Hotelportier Herrn Sharp am Bahnhof behilflich sein könne.

Britisches und amerikanisches Militärpersonal, stationiert in den entsprechenden Besatzungszonen in Deutschland, verbrachte seinen Urlaub gerne in Luzern. Die Tochter des Hauses war unschlüssig, ob dieser Gast dieser Kategorie Urlauber zuzuordnen sei. »Na, wir werden es erfahren«, sagte sie zu sich.

An besagtem Tag, einem Samstag, kurz nach 18 Uhr, wurden die beiden Flügel der Schwingtüre mit Wucht aufgestoßen, gerade so, als ob sich der erste Herbststurm einen Weg ins Gebäude bahnen wollte. Von draußen rief eine resolute Stimme: »Arrivée, Mr. Sharp!«

Der Hotelportier hinderte die Türen am Zurückschwingen, sodass der Gast in die mit einem zartgelb gegossenen Steinboden ausgelegte Empfangshalle eintreten konnte. Dieser zog mit seiner linken Hand seine dunkle Kopfbedeckung, eine Art Melone, und ging mit ausholenden Schritten über den Terrazzoboden, der den Wänden entlang mit einem dunklen Band und in den Ecken mit einer schemenhaften Lilie geschmückt war.

Als er den Empfangstresen, der die Rezeption und das Büro vom Vestibül trennte, erreichte, sagte er mit sonorer, sympathischer Stimme: »May I introduce myself, I am Mr. Sharp, Archibald Sharp.«

Mr. Sharp trug einen bis über die Knie reichenden, schwarzen, jetzt aufgeknöpften Mantel. Für einen perfekten Londoner fehlte eigentlich nur ein sauber gerollter Regenschirm. Der Besucher war von mittlerer Statur, etwas rundlich, auch im Gesicht. Das Wenige, was von seiner Kopfbehaarung geblieben war, zeigte eine rötliche Farbe. Inzwischen hatte er seinen Hut auf die Brüstung zwischen einen Aschenbecher aus Glas, ein Werbegeschenk der lokalen Brauerei, und den bronzenen drei Affen, die nichts Böses sehen, hören und sagen, abgelegt.

Die Rezeptionistin, eine junge, hübsche Praktikantin, begrüßte den Gast freundlich auf Englisch, erkundigte sich nach dem Verlauf seiner Reise und drückte gleichzeitig mit ihrer flachen Hand auf die Tresenklingel. Der helle Klang erregte die Aufmerksamkeit der Tochter des Hauses. Als Hilde Krebs im Vestibül eintraf, hieß sie den Gast, der gerade mit dem Ausfüllen des Meldeformulars beschäftigt war, willkommen. Dieser hob seinen Kopf, ließ seine hochgeschobene Hornbrille auf die Nasenflügel zurückgleiten und sagte in deutscher Sprache: »Guten Abend. Es freut mich, Sie kennenzulernen.«

Hilde Krebs zögerte kurz, dann antwortete sie: »Die Freude liegt ganz auf unserer Seite. Sind Sie gut gereist?« Die beiden führten ein zwangloses Gespräch, das schließlich bei der Witterung endete.

Als sie den Gast in sein Zimmer führen wollte, sagte Herr Sharp: »Beim Eingang Ihres Hotels wird Emil Krebs als Proprietär genannt. Ich nehme an, dass es sich um Ihren Vater handelt«, und als Hilde Krebs bejahend nickte, »ich würde Herrn Krebs gerne kennenlernen, um ihm ein spezielles Anliegen mitzuteilen.«

»Ich werde meinen Vater ins Bild setzen«, antwortete sie, »er wird sich freuen, Sie morgen im Salon bei einem Nachmittagstee zu begrüßen. Sagen wir so um vier Uhr. Ich werde Ihnen die genaue Uhrzeit nach Rücksprache mit meinem Vater umgehend mitteilen.«

Der Portier wartete die ganze Zeit bei der Schwingtüre, deren Flügel aus mit Holz eingefasstem Glas bestanden. Im Glas waren die ineinander verschlungenen Buchstaben H und C, die für Hotel Central standen, eingeätzt.

Den mittelgroßen Lederkoffer des Gastes, wohl aus Rindsleder, vom Gebrauch an den Ecken leicht verschlissen, hatte der Concierge zu seiner Rechten abgestellt. In der linken Hand hielt er seine steife Mütze, auf der mit fetter, sich abhebender Majuskelschrift der Name des Hotels stand. Er fühlte sich in der weiträumigen Halle, die an den Wänden bis über seinen Kopf mit einem hellen Grün, darüber weiß, gestrichen war, stets etwas einsam, da er als

Italiener es mochte, Leute um sich zu haben. Er folgte dem Gespräch mit gespitzten Ohren, um die Zimmernummer bestätigt zu bekommen. Zu sich selber sagte er: »Die Nr. 2 im 4. Stock mit Erker und bester Sicht auf die Rigi, den Bürgenstock und das Stanserhorn ist das schönste Zimmer, das wir haben.«

Hilde Krebs, in einem lindengrünen knielangen Deuxpieces, das gut zu ihren haselnussbraunen Augen passte, öffnete für den Gast die Lifttüre. Archibald schätzte die Tochter des Hauses auf knappe 50 Jahre, wobei ihm ihre makellosen Beine ins Auge fielen. Beide traten in den mit dunklem Holz ausgekleideten, nur mit einer Glühlampe schummrig beleuchteten Fahrstuhl. Nachdem das Scherengitter scheppernd eingehakt worden war, bewegte sich der Aufzug nach einem Ruck gemächlich nach oben. Von außen konnte man die Bewegung des Liftes durch ein kleines, spitz stehendes Fenster verfolgen.

Da es als unschicklich galt, den Gast zusammen mit seinem Gepäck im Lift hochzufahren, der Portier jedoch die Wichtigkeit des Gastes erkannt hatte, trug er den Koffer unverzüglich die großzügige, mit einem Läufer ausgelegte Steintreppe hoch. Vom ersten Stock an war der Aufstieg aus Holz. Diese Stufen wie die Parkettböden der Etagengänge knarrten beim Begehen. Ein nicht unangenehmes Geräusch, ein Ächzen halt, und einige Gäste fragten sich, wie viele Menschen wohl schon über diese gut gebohnerten Böden und Treppen gegangen waren.

Als die Tochter des Hauses zurückkam, meldete sie der Rezeptionistin, dass der Gast sich sehr positiv über das Zimmer geäußert habe. Und zudem, so sagte sie, wolle Herr Sharp heute auf dem Zimmer essen und früh zu Bett gehen. Das in eine weiße Bluse mit schwarzem Rock gekleidete Zimmermädchen wurde beauftragt, die Bestellung entgegenzunehmen und alles Nötige zur Zufriedenheit des Gastes vorzukehren.

Als das Abendessen abgetragen wurde, erschien die Kellnerin kurzatmig an der Rezeption. »Fräulein Krebs«, die von der Saaltochter benutzte Anrede war in den 1950er-Jahren für unverheiratete Frauen jeglichen Alters gebräuchlich, »würden Sie mir bitte den Schlüssel zum Weinkeller geben. Die Herrschaften von Tisch 5 baten um eine zusätzliche Flasche Aloxe-Corton.« Die Tochter des Hauses händigte der Kellnerin den leicht angerosteten Buntbart-Schlüssel aus und notierte mit einem Lächeln die Weinbestellung in der Abrechnung.

Ein paar Minuten später kamen Emil Krebs und Tochter Wally zum Empfang und setzten sich im Kontor auf die zwei freien Stühle. Wally hatte sich eine frische weiße Kochschürze umgebunden, wodurch ihr olivfarbener Teint noch stärker zum Ausdruck kam. Die Hautfarbe ihrer Schwester Hilde wirkte dagegen extrem hell, aber möglicherweise war es das kalte Kunstlicht des Büros, das diesen Eindruck übermäßig aufscheinen ließ. Hilde erwähnte gerade die Ankunft von Herrn Sharp, worauf Wally fragte: »Ist er ein englischer Gentlemen, möglicherweise ein Adliger?«

Vater Emil zeigte Bedenken: »Ein Sir ist er sicher nicht. Ich habe noch nie eine vom britischen König geadelte Person getroffen, die ihren Titel nicht bei erster Gelegenheit genannt hätte. Ob er ein Gentleman ist, dafür müssten wir seinen gesellschaftlichen Status kennen. Und ...«

Seine Tochter Hilde unterbrach ihn. »Papa, ein Gentleman wird nicht durch den Status, sondern durch sein Auftreten und sein Benehmen definiert. Herrn Sharps Kleidung ist von bester Qualität. Sein Hemd war, ich habe genau hingeschaut, auch nach der Reise blütenweiß und kaum verknittert. Sein Koffer ist nicht mit Hotel-Etiketten verunstaltet. Die meisten Gäste brüsten sich gerne mit Aufklebezettel der Häuser, in denen sie abgestiegen sind. Dass Herr Sharp die deutsche Sprache beherrscht, beeindruckt mich.«

Der Vater schmunzelte.

In diesem Augenblick fiel eine Klappe der alten Hotelrufanlage. Die beiden Töchter fixierten den gegenüber der Rezeption an der Wand angebrachten Kasten aus Holz, in dem eine der 12 Klappen weiß aufschien. Das System der Firma Hasler aus dem Jahre 1911 war durch den Einbau einer neuen Telefonzentrale mit Verbindungen zu den meisten Gästezimmern obsolet geworden, aber die Außerbetriebnahme hatte sich verzögert.

Während Tochter Wally durchs Vestibül Richtung Küche davoneilte, rief sie über die Schulter ihrer Schwester zu: »Hatten wir nicht vereinbart, dieses Gerät rauszuschmeißen?« Dabei wuschelte sie mit der rechten Hand durch ihr volles schwarzes Haar, das am Ansatz des Scheitels einen grauen Streifen zeigte. Bevor sie die Treppe erreichte, griff sie nach ihrer Kochhaube in der Schürzentasche.

Hilde Krebs setzte mithilfe einer am Kasten seitlich angebrachten Flügelschraube die gefallene Klappe in ihre Grundstellung zurück. Dann stellte sie sich auf die Zehenspitzen, strich mit ihrem rechten Zeigefinger liebevoll über den breiten Eichenrahmen, betrachtete kurz den auf ihrem Finger angehäuften Staub und rieb diesen mit dem Daumen ab. Mit einer eleganten Bewegung setzte sie sich an die Telefonzentrale, um den Gast, der die Klappe ausgelöst hatte, anzurufen.

Luzern, Sonntag,
24. September 1950
Morgennebel; leicht
bewölkt; 6 Std. Sonne;
Luft (12:30) 16°C

16:30 | 1. Teegespräch

18   Archibald Sharp, elegant, aber weniger formell als
am Vortag gekleidet, trat durch die verglaste, beim
Schließen scheppernde Tür in den Salon. Ein Tisch
nahe am Fenster war mit einem weißen Tischtuch
gedeckt, darauf standen zwei Teller, zwei Teetassen
und ein Teekrug aus Porzellan. In einer Schale lagen
Löffelbiskuits zum Naschen bereit.

Archibald Sharp musterte die Möblierung. »Eine Mischung aus Louis XV. und Bequemlichkeit«,
dachte er. Die Sessel und Tischchen waren großzügig angeordnet, jede Einheit mit einer Stehlampe
mit gedrechseltem Gestell ausgestattet, das große
Fenster zur Straße mit goldgelben Samtvorhängen
geschmückt. Die überdurchschnittliche Raumhöhe
wirkte nobel und ließ den Wänden Platz für Bilder.
An der Wand links vom Eingang bemerkte Archibald

Sharp ein großes, in einen schlichten Rahmen gefasstes Ölbild. Er tippte auf 17. Jahrhundert und war sich sicher, die Frau im Zentrum als Maria Magdalena zu erkennen, insbesondere als er in ihren Händen einen Salbentopf und links im Schatten der Bäume ein offenes Grab erblickte. »Aha, ein klassisches Ostermotiv«, ging es ihm durch den Kopf.

Als Emil Krebs eintrat, ging der Gast auf ihn zu: »Guten Abend, ich bin Archibald; darf ich Sie Emil nennen?«

Sie setzten sich, und Archibald trug unverzüglich sein Anliegen vor. »To let the cat out of the bag, ich bin für einen guten persönlichen Freund nach Luzern gekommen. Aus Gründen der Vertraulichkeit darf ich seinen Namen nicht nennen. Mein Freund plant, sich im nächsten Frühjahr eine Auszeit zu nehmen. Er hat die französischsprachige Schweiz mehrmals besucht. Viele seiner Bekannten haben ihm dazu geraten, Luzern und die Umgebung kennenzulernen. Ob er alleine oder zusammen mit seiner Frau reisen wird, ist noch unklar. In seiner Freizeit gibt er sich der Malerei hin. Bei dieser Tätigkeit, so sagt er, komme er auf andere Gedanken. Meine Aufgabe besteht darin, seinen Aufenthalt vorzubereiten und ihm ein paar wenige Motive vorzuschlagen.«

»Falls ich oder wir Ihnen dabei helfen können, zögern Sie nicht, uns zu fragen. Malsujets zu wählen erscheint mir eine sehr persönliche Angelegenheit

zu sein. Ihr Freund vertraut Ihnen offensichtlich?«
Emil Krebs war seine Verwunderung anzusehen.

»Ob er mir vertraut, weiß ich nicht. Allerdings
bin ich in dieser Beziehung kein unbeschriebenes
Blatt. Gleich nach meiner Pensionierung half ich in
der Tate Galerie als Kurator aus. Außerdem glaube
ich, seinen Geschmack zu kennen.« Archibald Sharp
lächelte versonnen, was den Hausherrn auf einen in
der englischen Gesellschaft wichtigen Mann schließen ließ, für den sein Gast unterwegs war.

»Nebenbei bemerkt, bei meinem Spaziergang
am See habe ich heute ein paar Sujets bemerkt. Ich
bin nach der breiten Brücke dem Seeufer gefolgt und
etwas später an imposanten Hotel-Palästen vorbeigekommen. Die Wärme der Sonnenstrahlen und der
Blick auf die vom Dunst verschwommenen Schneeberge haben mir gefallen.

Je mehr ich mich vom Zentrum der Stadt ent-
fernte, desto weniger Spaziergängern bin ich begeg-
net. Am Ende des Quais, dort, wo quer zum See eine
Reihe zu eng bepflanzter, aber gut gepflegter Pappeln stehen, sprang mir eine Skulptur, eine mit roter
Farbe verunstaltete, barocke Frauenfigur ins Auge.
Auf dem steinernen Podest las ich die eingemeißelten Worte *Carl Spitteler zu Ehren.* Who the hell was
Spitteler?«

Das Wort Spitteler sprach der Gast mit einem
kurzen, spitzen i aus, dabei schürzte er seine vollen
Lippen.

Der altgediente Hotelier wollte seinem Gesprächspartner eine Tasse Tee einschenken, zögerte jedoch.
»Archibald, darf ich Ihnen die Milch reichen? Ich
nehme an, Sie als Brite möchten die Milch vor dem
Tee in die Tasse gießen.«

Erstaunlicherweise widersetzte sich Archibald
dieser Ansicht, die fast die ganze Welt von den tee-
trinkenden Engländer hat. Ihm sei das eigentlich
egal, beides sei möglich, antwortete er. »Es ist so,
dass die Aristokratie eher die Milch zum Tee gießt.
Dies, weil sich die Oberschicht teureres und somit
hitzebeständigeres Geschirr leisten kann. Beim billigen Geschirr empfiehlt es sich, den Tee auf die kalte Milch zu gießen, um einen heftigen Temperatur-
sprung und ein mögliches Springen der Tassen zu
vermeiden.«

Nachdem die beiden einen Schluck Tee genommen hatten, Archibald sich ein Biskuit zwischen die
Lippen geschoben und sich dieses sogleich im Mund
aufgelöst hatte, setzten sie sich in die bequemen
Polstersessel.

Emil Krebs ergriff das Wort. »Carl Spitteler erhielt 1919 den Literaturnobelpreis. Er kam ursprüng-
lich aus der Gegend von Basel, hatte sich aber früh
hier in Luzern niedergelassen und kämpfte während
des 1. Weltkriegs für den Zusammenhalt der Schweiz.

Nun zum Standbild, das den Namen *Die Liegende*
trägt. Sie nannten die Figur barock, meinten Sie damit üppig?« Archibald Sharp nickte und Emil Krebs

fuhr fort: »Meine Empfindung geht in Richtung ... lasziv. Eine laszive Figur, die den fremden Blick nicht scheut, aber offensichtlich die Gefühle einiger Menschen verletzt. Das Vollschmieren des Denkmals geht allerdings viel zu weit; unnötig, wirklich unnötig!«

Archibald Sharp warf ein: »In der englischen Sprache ist ein Denkmal ein *Memorial,* also etwas, das an eine Sache oder Person erinnern soll. Das wird im Deutschen gleich sein, aber ich habe Schwierigkeiten, dem Wort einen Sinn abzuringen«, mit einem Schmunzeln, das sich über sein ganzes Gesicht ausbreitete, fuhr er fort, »hat das Wort womöglich mit einer Speise zu tun, die den Betrachter besinnlich stimmen soll?«

Emil Krebs lachte. »Aber nicht doch! Denkmal schreibt man ohne h. Wenn wir schon Wortspiele betreiben, dann sehe ich darin eher ein Denk mal!, also eine Aufforderung zum Nachdenken.

Archibald, wo haben Sie die deutsche Sprache erlernt? Sie sprechen unsere Sprache sehr gut und besitzen einen beeindruckenden Wortschatz!«

»Meine Mutter kam aus Hamburg. Sie hat mit mir ausschließlich Deutsch gesprochen. Noch heute lese ich selten, aber mit Freude, ein Buch auf Deutsch. Auch während der Zeit, in der man dies besser nicht in der Öffentlichkeit kundgetan hat, habe ich deutsche Bücher gelesen.«

»Zurückkommend auf die Skulptur«, nahm der Hotelier den Faden wieder auf, »mich faszinieren

Denkmäler, beispielsweise das Löwendenkmal hier in Luzern oder, wenn wir bei diesem stolzen Tier bleiben, die aufrecht sitzenden Löwen, die die Brückenköpfe der Khedive-Ismail-Brücke in Kairo bewachen oder ...«

»Wir sollten die vier Löwen, die die Nelson-Säule auf dem Trafalgar Square bewachen, nicht vergessen. Einige Personen sind der Meinung, dass diese Wüstenkönige missglückt sind. Möglich, dass ihre Häupter zu schmal geraten sind. Möglich, dass ihre Mähnen, ein Zeichen für Kraft und Macht, zu wenig stattlich sind. Trotzdem bin ich als Engländer sehr stolz auf die von Sir Edwin Landseer geschaffenen Löwen. Ja, dieses Tier ist ein Symbol für Erhabenheit, Kraft und Sicherheit. Wir Engländer tragen ja zweimal drei Löwen auf rotem Grund im Wappen. Nun, eigentlich handelt es sich um Leoparden, aber die Allgemeinheit spricht von Löwen.«

»Sind Sie in London zur Welt gekommen?«, fragte Emil Krebs.

»Ja, in der City, darum bin ich ein Cockney ... Ich möchte jetzt nicht unhöflich erscheinen, aber auf die Stadt am Nil zurückkommend, würde mich interessieren, woher Sie die Ismail-Brücke in Kairo kennen?«

»Ich arbeitete eine Wintersaison in der Küche des Ghesireh Palace Hotels, das war 1893/94. Und die folgenden zwei Wintersaisons stand ich als Garde Manger in der Küche des Shepheard's Hotel, gerade neben der britischen Residenz und nicht unweit der Nilbrücke, in Diensten.«

»Ich kenne das Shepheard's gut, habe dort als Angestellter des Kolonialministeriums übernachtet. Das ist lange her, ich war noch jung, etwas über dreißig. Ein vorzügliches Hotel, sicher das beste am Platz. Leider konnte ich den Luxus nur kurz genießen: Zweimal auf der Durchreise nach Indien und einmal auf einer offiziellen Mission nach Ostafrika. Das war, lassen Sie mich überlegen, über zehn Jahre nach Ihrer Zeit. Ich habe damals einen Aufenthalt in Kairo der Fahrt durch den Suezkanal vorgezogen. Ja, mir wird es warm ums Herz, wenn ich an den Nachmittags-tee auf der Hotelterrasse neben dem überdachten Haupteingang mit Blick auf die flanierenden Leute auf der Ibrahim-Pasha-Straße denke«, schwelgte Archibald mit geschlossenen Augen in Erinnerungen.

»Ganz Kairo traf sich dort zum Tee, um sehen und gesehen zu werden. Ein anderes gutes Lokal war die Patisserie Gianola«, meldete sich Emil zu Wort.

»Ja, ja, diese Konfiserie kenne ich auch. War Gianola nicht ein Schweizer? Aber das Shepheard's, und ich spreche nicht nur von der Terrasse, sondern vom Hotel, spielte in einer ganz anderen Liga.«

»Ganz Ihrer Meinung, Archibald. Bereits zu meiner Zeit brüstete sich das Hotel mit elektrischem Licht, einem hydraulischen Lift und einem eigenen Telegrafen- und Postbüro. Ich erinnere mich noch an das Briefpapier mit der Zeichnung des Gebäudes im Briefkopf. Darunter stand die Telegrafen-Adresse: SHE ...«

Der Gast unterbrach: »Nicht zu vergessen die Anglo-American Bar und das gediegene Restaurant mit den in roten Pluderhosen und weißen Hemden gekleideten Kellnern. Vor meiner ersten Reise konsultierte ich den Baedeker. Da las ich, dass die Stammkundschaft des Hotels aus Engländern und Amerikanern bestehe. Ja, und diese Beschreibung entsprach dann auch der Wirklichkeit. Emil, sagen Sie mir, welche Arbeit verrichtet ein Garde Manger?«

Mit sichtlicher Freude erläuterte der ehemalige Koch, dass ein Garde Manger die Verantwortung für die kalte Küche trägt, und dass er beispielsweise Pasteten und Terrinen aus Fischen, Muscheln, Geflügel und Wild zubereite. Dann erkundigte er sich, ob Archibald auch den Garten des Shepheard's und den Kléber-Baum gesehen habe.

Archibald Sharp stand auf, schritt zum Fenster und schaute auf den Boulevard mit breitem Gehsteig und den bereits herbstlich gefärbten Laubbäumen. Auf der anderen Seite, hinter einem hohen Eisenzaun, sah er das Bahnhofsareal. »Den Garten am Ufer des Nils kenne ich sehr wohl. Ein Ort, den ich mit Muße verbinde. Über einen speziellen Baum ist mir nichts bekannt.«

Der Gastgeber füllte beide Tassen mit Tee. »Das Gelände, auf dem das Hotel 1841 gebaut worden war, besitzt historischen Wert. Napoleon hatte dort 1798 sein Hauptquartier, ich nehme an, eine Zeltstadt, aufgeschlagen. Ein Jahr später wurde General Jean-Baptiste Kléber, sein Nachfolger im Amt des Oberbefehlshabers ebenda von einem syrischen Studenten mit einem Degen massakriert. Eine bescheidene Plakette im Garten erinnert an diese Tat.«

»Diese Geschichte ist mir tatsächlich entgangen. Dafür weiß ich, wer Herr Shepheard war.«

Der Gastgeber schaute verwundert. »Über den ersten Patron wurde im Hotel oft und anerkennend gesprochen. Er war Engländer, aber mehr ist mir nicht bekannt.«

»Richtig, ein Engländer. Ein nach einer Schiffs-meuterei in Ägypten ab- oder ausgesetzter Engländer. Aber Samuel Shepheard hat seinen Weg gemacht und viel Anerkennung erhalten. Im Zusammenhang mit den Feierlichkeiten zur Eröffnung des Suezka-nals spielte sein Hotel eine wichtige Rolle.«

Der Gastgeber nickte. »Unter den Angestellten erzählte man sich die Ereignisse anlässlich der Er-öffnung des Kanals im November 1869 immer und immer wieder, auch wenn nur die wenigsten selber dabei waren. So wurde kolportiert, dass Giuseppe Verdi Gast des Hotels war, was nicht richtig ist, denn die Uraufführung der ›Aida‹ fand in Kairo erst ein oder zwei Jahre später statt. Auch dann ist er wohl kaum zur Premiere gefahren. Er hatte den lukrativen Auftrag von Ismail Pasha gern entgegengenommen,

aber später bereut, da ihm die Protzerei des Khediven auf die Nerven gegangen ist.«

»Emil, wir sollten uns morgen wieder treffen,
und dann müssen Sie mir mehr über Ihre Erlebnisse in Kairo erzählen. Ich werde mir mehr Zeit reser-
vieren. Heute ruft mich leider eine andere Pflicht;
ich muss in einer politisch heiklen Angelegenheit
einen Bericht verfassen. Eigentlich bin ich längst in
Pension, als langjähriger Mitarbeiter in der Verwal-
tung sind meine Analysen jedoch immer noch gefragt.«

Emil Krebs warf noch eine letzte Frage auf. »Sie
haben irgendwann das Wort Cockney erwähnt. Entschuldigen Sie meine Ignoranz. Was ist ein Cockney?«

»Nun, ein Cockney ist eine Person, die in Hör-
weite der Bow-Bells geboren worden ist. Das sind die
Glocken der Kirche von St. Mary-le-Bow in der Londoner City. Die Cockneys sprechen einen speziellen
Dialekt, der an der Schule und Universität, die ich
besucht habe, nicht gesprochen wird.

Ich bedanke mich für das Gespräch und den
Tee. Wenn Sie erlauben, würde ich bezüglich des
Tees eine Bemerkung machen. Das Teekraut war, so
vermute ich, ein Earl Grey von guter Qualität. Nun
ist es aber so, dass der Geschmack des Tees in einer
silbernen Kanne noch besser zur Geltung kommen
würde. Bei mir zu Hause lasse ich die Silberkanne
zuerst mit heißem Wasser ausspülen, lege danach

das Teekraut in den Krug und schütte mit sieden-
dem Wasser auf.

Und noch eine Bemerkung: Nennen Sie mich
bitte Archie, alle Freunde und fast alle Bekannten
sprechen mich mit dieser Kurzform an.«

Inzwischen war es draußen dunkel geworden.
Im Salon verteilte sich das warme Licht der ange-
knipsten Stehlampen im unteren Teil des Raums. Die
Stuckatur der Decke war kaum auszumachen, da der
üppige Kristallkronleuchter nicht angedreht worden war.

Der Engländer verabschiedete sich und verließ
den Salon zielstrebig. Emil Krebs bemerkte, dass der
Gast seine Füße beim Gehen kraftvoll auf den Fersen
aufsetzte.

Der Senior folgte mit kleineren Schritten, vorsichtig am Stock gehend.

Luzern, Montag,
25. September 1950
Föhn; 10 Std. Sonne;
Luft (12:30) 19°C

Montag war für die drei Geschwister der Tag des persönlichen Austausches und der Planung. Seit sie die
Leitung des Hotels übernommen hatten, trafen sie
sich jeweils zu einem frühen gemeinsamen Mittagessen. Oft setzte sich auch ihr Vater dazu. Heute berichtete er von seinem Gespräch mit dem Gast aus
England und dessen Beweggrund für den Luzern-
Besuch. Wally Souvoroff konnte kaum an sich halten und schlug flugs vor: »Der Herr sollte unbedingt
auf die Rigi fahren, dann ins Eigental und möglicherweise auf den Pilatus. Das Bourbaki-Panorama
und den Gletschergarten darf er nicht verpassen ...«

Vater Krebs hob seine rechte Hand: »Ja, ja, ist ja
gut. Lassen wir es langsam angehen. Der Gast scheint
mir ein sehr selbständiger Mann zu sein. Natürlich
werde ich die Rigi vorschlagen, auch das Bourbaki-
Panorama. Ich habe bemerkt, dass er sich mit Falt-
prospekten über Sehenswürdigkeiten der Stadt und
der Umgebung eingedeckt hat. Arno, würdest du bitte bei der Touristen-Information nachfragen, ob es

noch neues Werbematerial gibt, das wir ihm zusätzlich geben könnten.«

Anschließend berichtete Arno Krebs von seiner Arbeitsgruppe des Hoteliervereins, die Vorschläge für eine bessere Ausschöpfung des Winter-Tourismus ausarbeiten soll. Hilde Krebs erzählte von ihrem Gespräch mit der Hilfsköchin Lea, deren in Italien lebende Mutter angeblich schwer erkrankt sei. Dass ihre Schwester Wally davon nichts wusste, verstimmte diese, ohne sich etwas anmerken zu lassen.

Abschließend kam das Thema der Zimmerrenovationen auf den Tisch. Man einigte sich, im kommenden Winter die Zimmer im ersten Stock, genauso wie im letzten Winter diejenigen im vierten Stock, neu zu streichen und die Badezimmer mit neuen Armaturen auszurüsten. Zusätzlich wurde Hilde beauftragt, einen Kostenvoranschlag für den Einbau von begehbaren Duschen einzufordern. Im Verlauf des letzten Sommers hatten amerikanische Gäste das Fehlen einer Brausekabine beanstandet.

Nach dem Mittagessen ging Emil Krebs auf sein Zimmer, hielt einen Mittagsschlaf und begann danach seine persönlichen Bücher und Alben für das nächste Gespräch mit dem interessanten Gast bereitzustellen.

16:30 | 2. Teegespräch

Auf dem gleichen Tisch wie am Vortag waren Tassen, Teller und eine Silberkanne mit Tee bereitgestellt. Daneben ein frisch gebackener Marmorkuchen, dessen Duft von Schokolade und echter Vanille sich im Salon diskret ausbreitete. Auf dem benachbarten Tisch lagen drei dicke Alben. Archibald Sharp betrat den Raum als Erster und musterte die in Leinen gebundenen Bücher. Auf einem stand in goldenen, geschwungenen Buchstaben *Menus Album E.K.*, auf dem anderen *Postkartenalbum* und auf dem Dritten *Reise-Erinnerungen*.

Archibald war gerade dabei, sich zu setzen, als der Hotelier in den Raum trat. Sie begrüßten sich und gossen sich gegenseitig Tee ein. »Was für ein schöner Tag, fast wie Sommer!«, begann der Besitzer des Hotels das Gespräch.

»Ich ließ mich mit der Standseilbahn auf den Dietschiberg hochfahren. Von der Sicht auf die gleißenden Berge war und bin ich hingerissen. Der Geruch nach Herbst, nach vertrockneten Blättern verstärkte meine Empfindungen. Ich weiß nicht, wie es Ihnen ergeht, aber in solchen Momenten atme ich die Luft tief ein und versuche durch Luftanhalten den Augenblick unvergänglich zu machen. Erfolglos natürlich, es soll mir nicht besser gehen als dem Dr. Faustus.

Zu Fuß erreichte ich wieder die Endstation der Autobuslinie, ließ mich mit einem amerikanischen Omnibus der Firma Twin Coach in die Stadt zurückfahren, besuchte das Löwendenkmal und die Altstadt. Auf dem Rückweg bemerkte ich von der Brücke aus den großen Brunnen beim Bahnhof. Der Wind verwischte die in einem Kreis angeordneten Wassersäulen zu einem Vorhang, der weit über den Brunnenrand hinausragte. Dort angekommen und erst nachdem ich bereits nass war, bemerkte ich, dass die Kinder sich daraus ein Spiel machten, immer und immer wieder durch die Gischt zu rennen.«

»Ein beliebtes Spiel bei den Jungen«, lachte der Hotelier. »Heute bläst der Föhn, ein kräftiger Südwind, der nicht nur die Wolken fortblasen, sondern eben auch Wasserfontänen wegpusten kann und außerdem viele Menschen unter Kopfweh leiden lässt. Diese Nacht soll der Föhn zusammenbrechen, das heißt, Regen wird einsetzen. Darum empfehle ich

Ihnen für morgen einen Besuch des Kunsthauses oder des Bourbaki-Panoramas. Übermorgen wird das Wetter wieder besser. Dann rate ich zu einer Schifffahrt. Und ... wie hat Ihnen unser Löwe gefallen?«

Der Gast aus England zögerte. »Eindrücklich, sehr eindrücklich, und gleichzeitig traurig! Der Ausdruck des sterbenden Löwen ging mir unter die Haut. Das Monument ehrt, habe ich gelesen, die beim Sturm auf die Tuilerien gefallenen Schweizer Reisläufer. Ich kannte das Wort Reisläufer nicht und habe es mir darum von einer Aufsichtsperson erklären lassen.

Bei einem Denkmal steht normalerweise die Figur, sei es ein Mensch oder ein Tier, auf einem Podest. Das Podest stützt und gibt Gewicht. Das Gleiche gilt bei einem Gemälde.« Archibald zeigte mit seiner rechten Hand, ohne seinen Kopf abzuwenden, auf das an der Wand hängende Ölbild und fuhr fort: »Was wäre eine bemalte Leinwand ohne Rahmen? Der leidende Löwe hingegen wurde aus der Wand gehauen. Die intensive Wirkung auf den Betrachter, realisiere ich gerade jetzt, wird durch die umgebende, glatte Felswand, die quasi als Rahmen wirkt, erzeugt. Und der vorgelagerte Teich unterstützt diese Wirkung, indem er einen gebührenden Abstand zum Betrachter sicherstellt.« Er legte eine nachdenkliche Pause ein, sein Blick streifte das hinter dem Hotelier auf einem Tisch stehende moderne Radio, das nicht zu den übrigen Möbeln passte, dann fuhr er fort: »Ja, das Standbild und das Podest. Wie wir wissen, gibt es neuerdings auch Ausnahmen, ich denke an das Werk *Die Bürger von Calais* des französischen Bildhauers Rodin. Diese stehen ohne Sockel inmitten der Betrachter, inmitten gewöhnlicher Menschen wie Sie und ich. Rodins Schülerin und Geliebte, Camille Claudel, schuf auch Werke ohne Sockel. Ich wage zu behaupten, dass ihre Arbeiten einen Vergleich mit denjenigen des Meisters nicht scheuen müssen.«

Emil Krebs streckte sich. »Ihre Beobachtungen finde ich äußerst interessant. Trotzdem möchte ich kurz auf den von Ihnen erwähnten Brunnen zurückkommen. Dieser wurde der Stadt vom Uhrmacher Wagenbach, der sein Geschäft und seine Wohnung in einem kleinen Haus am Schwanenplatz hatte, geschenkt. Deshalb trägt der Brunnen seinen Namen.«

Archibald runzelte die Stirn. »Am Schwanenplatz, auf der anderen Seite der Brücke, habe ich kein einziges kleines Haus bemerkt, aber mehrere protzige Juwelierläden und eine Großbank.«

»Das Häuschen musste um die Jahrhundertwende dem Bau der Großbank weichen. Es stand neben dem Uhren- und Schmuckladen.«

Archibald trank einen Schluck Tee, schlug seine Beine übereinander und schaute sein Gegenüber an. »Emil, jetzt erzählen Sie über die Stadt am Nil. Ich platze vor Neugierde!«

»Ja, gerne. Ich reiste Ende November 1893 auf dem Paquebot *La Gironde,* einen Dreimaster mit einer nachträglich eingebauten Dampfmaschine, für eine Wintersaison von Neapel nach Alexandria und von dort weiter mit dem Expresszug nach Kairo. Ich war derart müde, dass ich den größten Teil der über dreistündigen Bahnfahrt nach Kairo verschlief.

Die Stadt war zu jener Zeit sehr lebendig und zugleich chaotisch. Die Düfte nach Jasmin, Sandelholz, Nelken, Koriander, Kreuzkümmel, gepaart mit säuerlichen Noten von überreifen Früchten und anderem, stachen mir sofort in die Nase. Nicht unangenehm, aber gewöhnungsbedürftig.

Der vom osmanischen Reich eingesetzte Vizekönig Ismail Pasha hatte die Stadt vor der Eröffnung des Kanals mit britischem und französischem Geld umgebaut, ja prächtig herausgeputzt. Er hatte die Ambition, eine westliche Metropole mit imposanten Boulevards zu präsentieren. Aber, was erzähle ich Ihnen, das wissen Sie ja besser als ich.«

Archibald atmete tief ein: »Ja, Kairo hatte den Ruf eines Paris am Nil. Ismail Pasha ging mit Geld sehr verschwenderisch um und musste darum 1879 das Land verlassen und die Macht seinem Sohn überlassen. 1882, als Reaktion auf einen internen Putsch, hat das Britische Empire Ägypten besetzt. Ich möchte aber betonen, dass Ägypten, obgleich von uns kontrolliert, offiziell weiterhin den Status einer osmanischen Provinz behielt. Für uns war einzig die uneingeschränkte Benutzung des Kanals wichtig. Sie wissen sicher, wie wir diesen damals nannten?«

»Ja, natürlich. Das war euer *Highway to India*.«

»Richtig, und politisch gesprochen war es der Hebel zu allen unseren Kolonien im Osten.«

»Wo war ich stehengeblieben?«, nahm Emil Krebs seinen Bericht wieder auf. »Ach ja, ich kam am Misr-Bahnhof, den viele in Kairo auch Gab al-Hadid nennen, an und ließ mich mit dem Pferdetram ans Nilufer bringen, wo ich mich mit dem kleinen Dampfboot des Ghesireh Palace Hotels zur Insel Zamalek übersetzen ließ. Dort erblickte ich dann den in einem gepflegten Park liegenden Hotelkomplex mit über 300 Zimmern, Räumen für Theatervorstellungen und Bälle sowie einem Kasino.«

Er nahm vom Nebentisch sein Reisealbum, blätterte darin und zeigte Archibald ein Bild des Hoteleingangs, eine mit vielen Ornamenten im maurischen Stil erbaute Halle. Feine, aus Metall gedrehte Säulen stützten die zierlichen Rundbögen.

»Zu meiner Zeit gehörte das Ghesireh Palace der Firma Wagons-Lits«, fuhr der Hotelbesitzer fort und blätterte eine Seite im Album um. »Und hier habe ich ein Bild der um 1870 erstellten Khedive-Ismail-Brücke. Die Löwen kann man leider nicht sehen, dafür die Konstruktion dieser filigran wirkenden Fachwerkbrücke und den Mechanismus für das Ausschwenken des mittleren Segments. Jedes Mal, wenn ich das Bild betrachte, sehe ich vor mir tief im Wasser liegende Barken, die mit vollen Segeln durch die Öffnung gleiten.«

Dann wechselte er zum Postkartenalbum. »Sehen Sie, hier habe ich eine Postkarte der Brücke.«

Archibald nahm die Karte und betrachtete diese unter dem Licht der Standlampe: »Ich sehe auf dem Nilübergang ein paar Männer, alle in langen Kleidern, in Dschallabijas, und da erkenne ich einen Mann mit einem Esel. Als ich die Stadt besuchte, herrschte auf der Brücke ein heilloses Chaos, mit dem Resultat, dass der Nilübergang ständig verstopft war. Bei dieser Postkarte fällt mir auf, dass der König der Tiere auf zu hohen Sockeln sitzt. Sehen Sie hier! Die Sockel überragen sogar die Gaskandelaber.«

»Sie mögen recht haben, Archie. Der überhöhte Sockel ist mir damals nicht aufgefallen, obgleich ich die Brücke oft benutzte, wenn ich zu Fuß in die Stadt kommen wollte.«

Er blätterte weiter. »Hier habe ich eine Fotografie der Küchenbrigade des Ghesireh, die im Garten hinter dem Dienstgebäude aufgenommen wurde.«

Emil reichte Archibald das Album. Dieser studierte das inszenierte Bild einer durch Arbeit verschworenen Gemeinschaft. Der Vorgesetzte, wie es sich gehört, im Mittelpunkt, umgeben von vier auf Stühlen sitzenden Hauptköchen in weißer Kleidung. Außer dem Chef hatten alle ihr persönliches Küchenmesser dabei, das in einem bis zum Knauf eingesteckten Futteral links am Körper getragen wurde.

Vier der fünf Männergesichter zierten Schnäuze unterschiedlicher Größe, einer besaß gar einen gezwirbelten Schnurrbart, und alle hatten Kochhüte aufgesetzt. In der Reihe dahinter standen fünf weiß gekleidete Hilfsköche ohne umgebundenes Messer; rundherum war weiteres Personal ohne einheitliche Kleidung platziert.

»Emil, wer ist diese Person mit dem Zwirbelbart?«

»Das war unser Saucier, der Pfammatter aus Raron, warum fragen Sie?«

»Genau so stelle ich mir Hercule Poirot vor.«

»Hercule was ...?«

»Hercule Poirot, der Mann mit den grauen Hirnzellen, der in Agatha Christies Kriminalromanen mit viel Köpfchen die Verbrecher jagt. Emil, ich sehe, dass Sie sich auf der Foto mit einem Kreuz markiert und etwas dazu geschrieben haben.«

»Ja, das ist meine Handschrift. Lesen Sie doch bitte meinen Kommentar.«

»Gerne, Sie hatten notiert:

Ghesireh Palace Hotel, Kairo. 1893/94. Der Ghesireh Palace wurde vom König von Egypten, Ismail Pasha, gebaut. Zu den Festlichkeiten zur Eröffnung des Souez Kanals. Wurde dann von der Stadt Kairo im Jahre 1893 vergrößert und als Hotel eingerichtet. Der große Bau, mit Pavillon und Harem, sowie die großen Parkanlagen liegen direkt am Nil.

Was für ein Album ist das hier?« Archibald deutete auf das dickste und größte Buch auf dem Tisch.

»Das ist mein Menüalbum. Vom Ghesireh habe ich nur zwei, drei Menükarten. Beispielsweise die Speisefolge des Banketts vom 17. Dezember 1893 zu Ehren von Mr. und Mrs. Penfield. Das war ein Anlass mit über 200 geladenen Gästen.«

Emil Krebs reichte dem Gast das schwere, umfangreiche Buch. Dabei löste sich sein schmaler goldener Ehering vom Finger. Mit einer hastigen Bewegung der linken Hand konnte er den Ring vor dem Fallen bewahren. Während Archibald seine Augen auf eine Menükarte mit einer Zeichnung einer Dahabeya, einem am Nilufer vertäuten Zweimaster heftete, bemerkte er zum ersten Mal Emils ausgezehrte, mit Altersflecken gesprenkelten Hände.

»Hors d'Oeuvres à la Diplomat, Cannelloni à la Purée de Foie gras, Rougets de Roche en Caisses, Medaillons de Filets de Boeuf à la Souvaroff, Pommes Menagère, Volaire de la Bresse saute à la Khédiviale, Salate Fantasie, Mousse aux Mandarines, Patisserie Viennoise und Dessert Parisien.«

Archibald schaute auf: »Was für eine Schlemmerei!«

Die Herren hingen ihren Gedanken nach, bis der Patron, ein Bein über das andere schlagend, die Stille brach. »Kurz vor Ablauf der Wintersaison und kurz vor meiner Abreise nach Salzburg, wo ich den Sommer über arbeitete, rief mich der Geschäftsführer des

Ghesireh, Herr Zech, zu sich, um mir für die folgende Wintersaison eine Stelle im Shepheard's anzubieten. Ich habe ohne zu zögern zugesagt. Der Klarheit halber sollte ich anfügen, dass Herr Zech damals das Ghesireh und das Shepheard's führte.«

In diesem Moment trat Wally mit einem dringenden Anliegen in den Raum. Der Hotelier ging in die Halle, während Archibald Sharp sich eine weitere Tasse Tee eingoss und in den Menükarten blätterte.

Emil Krebs kam ein paar Minuten später zurück und nahm seinen Bericht wieder auf. »Über die Sommersaison in Salzburg erzähle ich Ihnen bei anderer Gelegenheit gerne mehr. Bleiben wir vorerst in Ägypten. Für die nächste Wintersaison reiste ich bereits Ende August auf dem Reichspostdampfer Sachsen der Norddeutschen Lloyd nach Kairo.

Ich liebte die internationale Atmosphäre des Shepheard's und die illustren Gäste. Sie haben den Ausdruck *Paris am Nil* erwähnt. Es ist schon so, dass die modernen Quartiere mit ihren Boulevards, mit ihren nachts mit Gaslicht beleuchteten Prachtstraßen an die französische Hauptstadt erinnerten. Umso krasser der Gegensatz zur engen und schmutzigen Altstadt, deren Bewohner ohne Licht und fließendes Wasser in maroden Holz- und Steinhäusern hausten. Da kam ich mir ins Mittelalter zurückversetzt vor.

Ungeachtet dessen gab es in der Altstadt auch interessante Gebäude, Moscheen, wie die riesige, aus dem 14. Jahrhundert stammende Sultan-Hassan-Moschee. Kairo ist auch als Stadt der tausend Minarette bekannt. Mir fielen die durch unterschiedliche Zeitperioden und Herkunft geprägten Stile dieser Türme auf.

Archie, ich weiß nicht, wie Sie den Gebetsruf der Muezzins erlebt und empfunden haben. Die Rufer nahmen sich bei der Intonation des Textes viele Freiheiten, um sich so voneinander zu unterscheiden, nehme ich an. Der Gebetsruf, besonders wenn vom Wind zerflattert, erfüllte mich oft mit einer einlullenden Melancholie. Als Jugendlicher hätte ich diese Gefühle vermutlich als Heimweh bezeichnet.«

Archibald Sharp machte große Augen, und der 41 Senior, der äußerst lebhaft wirkte, sprach weiter. »Nun aber zurück zur Küche. Wir arbeiteten hart und viele Stunden; insbesondere an den Feiertagen. Das Diner de Silvêstre und die Mahlzeiten des Neujahrstages verlangten von der Küchenbrigade alles. Am 1. Januar 1895, spätabends, nein, ein neuer Tag war bereits angebrochen, kam Herr Zech in die Küche, um die Brigade zu loben. Da fassten wir, vier Schweizer Angestellte, den Entschluss, am Ende der Saison das Heilige Land zu besuchen. Die Organisation der Reise überließen wir der Firma Cooks & Son.«

»Sie sind tatsächlich in die Levante gefahren, wie aufregend«, begeisterte sich der Gast.

»Ja, anfangs April war es so weit. Wir stiegen am Morgen in einen Zug, der uns nach Ismailia und von dort entlang des Suezkanals nach Port Said brachte. Am Nachmittag des gleichen Tages gingen wir an Bord eines Postschiffes, das am folgenden Nachmittag Jaffa, das heutige Tel Aviv, erreichen sollte. Die Reiseagentur hatte uns gewarnt, dass bei hohem Wellengang der Postdampfer ohne zu ankern direkt nach Beirut fahren würde. Wegen der dem Hafen von Jaffa vorgelagerten Felsblöcke musste auf offener See ausgeschifft werden, was bei hohem Wellengang unmöglich war.

Wir hatten Glück, die See war flach. Es wimmelte von kleinen Schiffen, die uns an Land brachten.

In Jaffa angekommen, wechselten wir geradewegs auf die Jerusalem-Bahn. Der Zug fuhr an einer deutsch-jüdischen Kolonie vorbei, dann durch grüne Felder und schließlich durch kahle Berglandschaften, bevor wir nach vier Stunden die Heilige Stadt erreichten. Bei der Einfahrt des Zuges sahen wir ein Schild mit der Aufschrift *Gasthaus von A. Fast*. Ebenda wurde uns ein gutes Abendessen serviert.

Am nächsten Morgen besuchten wir Kirchen und Moscheen als auch die unter Geheiß von Süleyman dem Prächtigen wieder neu hergerichtete Stadtmauer mit den acht Toren. Ich erinnere mich im Speziellen an das Goldene Tor, das nach dem Wiederaufbau zugemauert wurde. Offenbar waren die Osmanen der Ansicht, die für den Jüngsten Tag angekündigte Ankunft des Messias so verhindern zu können.«

Der Seniorchef nahm einen Schluck Tee. »Auf den Straßen war die russische, neben der osmanischen Sprache, allgegenwärtig. Man erzählte uns, dass die schönsten Gebäude Jerusalems in russischem Besitz seien. Natürlich besuchten wir die Grabeskirche und die Omar-Moschee. Hier habe ich ein Bild der Moschee, des achteckigen Felsendoms.«

Archibald Sharp betrachtete das Schwarz-Weiß-Bild einer breiten Treppe, die unter vier Bögen zum Eingang des achteckigen Gebäudes führt. Der Gast zeigte mit dem Finger auf die matte, wohl mit Grünspan belegte Kuppel. »Moscheen tragen auf ihren Wölbungen Halbmonde, Halbmonde verschiedener Breite und Lage. Nun sehen Sie hier, das ist kein Halbmond. Die Sichel schließt sich in einem Kreis wie ein an den Enden verbundenes Croissant. Interessant!«

Der Hotelbesitzer fiel Archibald ins Wort, ohne dessen Bemerkung zu würdigen. »Bezüglich Croissants wollte ich bereits gestern fragen, ob Sie mit unserem Frühstück zufrieden sind.«

»Ja, ich bin sehr zufrieden. Da ich kein Frühstücksmensch bin, ziehe ich ein kontinentales Frühstück einem reichhaltigen englischen vor. Ich schätze die Brötchen, speziell ihre frisch duftenden Semmeln.«

»Das freut mich. Ja, die Semmeln kommen jeden Tag frisch vom Bäcker. In unserer Familie sind das Wasserbrötchen, in Luzern werden sie Mutschli genannt.«

Nach einer kurzen Pause nahm der einstige Koch seine Erzählung wieder auf. »Zurück zum Felsendom respektive dem folgenden Tag. Auf einem lotternden Pferdewagen erreichten wir in einer einstündigen Fahrt Bethlehem. Wir besuchten die Geburtskirche Jesu und das Städtchen, das ich als schmutzig, sehr schmutzig in Erinnerung behalten habe.

Auf dem Rückweg bewältigten wir mit Mühe den Anstieg zu einer Kuppe, von wo aus wir in der Abendsonne die Jordansenke, rechts davon das Tote Meer und die rot leuchtenden Gesteine der Wüste erblickten. Und mit dem Einbruch der Dämmerung begann sich die Landschaft in Violett aufzulösen.

Am Tag darauf wurden wir früh geweckt. Die Pferde standen vor dem Gasthaus bereit, um uns runter an den Jordan zu bringen. Ich war es nicht gewohnt, mich über Stunden im Sattel zu halten, mein Rücken begann innerhalb kurzer Zeit zu schmerzen. Nach einer Übernachtung in Jericho ...«

»Haben Sie den Berg der Versuchung bestiegen und die Trompeten, die die Stadtmauer zum Einsturz brachten, gehört?«

Emil schmunzelte: »Nein, haben wir nicht. Am folgenden Tag ging die Reise entlang des Jordans weiter bis zum Toten Meer. Dort wagte ich mich bis über die Knie ins schwere, salzige Wasser. Die Insektenstiche der vergangenen Nacht begannen ein zweites Mal zu jucken.«

Archibald drückte die Hände vor seinem Gesicht zusammen und stöhnte. »Ja, ja, Palästina und der Mittlere Osten. Entschuldigen Sie, auf Deutsch handelt es sich ja um den Nahen Osten. Damals war diese Gegend noch eine friedliche. Wir, die Briten und Franzosen, haben dann während des 1. Weltkrieges schnurgerade Grenzen durch die Wüste gezogen. Ich stand damals voll hinter dem Sykes-Picot-Abkommen und der Balfour-Deklaration. Im Nachhinein erkenne ich, dass wir mit unserem arroganten Vorgehen nahezu alle Parteien vor den Kopf gestoßen haben. Unsere Diplomatie versuchte die Fehler wiederholt, jedoch erfolglos gutzumachen. In den letzten Jahren haben die Amerikaner die Initiative übernommen, und es freute mich am letzten Freitag zu vernehmen, dass dem amerikanischen Diplomaten Ralph Bunche, in Anerkennung seiner Vermittlungen in Palästina, am 10. Dezember in Oslo der Friedensnobelpreis überreicht werden wird.«

Beide Herren verstummten, bis Emil Krebs die Verschnaufpause unterbrach. »Lassen Sie mich meine Erinnerungen an Kairo zu Ende erzählen. Vor der Rückreise nach Europa machten alle Schweizer und Schweizerinnen, die im Shepheard's arbeiteten, es waren 15, einen Ausflug zu den Pyramiden und der Sphinx von Gizeh«, er hielt kurz inne und zeigte auf eine Fotografie in seinem Album. »Ich bin derjenige auf dem Kamel ganz links!«, sagte er.

»Während meiner dritten Wintersaison in Kairo, das heißt 1895/96, wollte ich mehr Verantwortung übernehmen, und der Chefkoch kam meinem Wunsch nach intensiverem Kontakt mit unseren Gästen entgegen. Ich hatte argumentiert, es sei wichtig, dass die Küche nicht nur exzellente Gerichte zubereite, sondern auch ein Gesicht zeige.

Höhepunkte der Saison waren mehrere Großanlässe. Die Räume im Shepheard's waren dazu leider zu klein. Das Ghesireh Palace und das Mena House, draußen in Gizeh, waren dafür besser geeignet. Für Großanlässe half man sich mit dem Personal gegenseitig aus. Beispielsweise stand ich am 20. November 1895 in der Küche des Mena Hotels. Die Besitzer, die Herren Schick und Weckel, eröffneten die Saison mit dem Großen Ball und einem Sieben-Gang-Diner. Das Hotel liegt in einem Palmenhain am Rande der Wüste mit Blick auf die Cheops-Pyramide.«

Archibald Sharp bestätigte, die Cheops-Pyramide von Nahem gesehen zu haben. Das sei ja ein Muss, wenn man schon mal in Kairo weile. Aber das Mena House habe er nie besucht, was er sehr bedaure. Er habe aber von Freunden gehört, dass die Sicht aus dem Hotelgarten auf die davor sich auftürmende Pyramide an eine Treppe zum Himmel erinnere.

Darauf antwortete Emil Krebs: »Die Pyramide des Cheops wird tatsächlich oft so beschrieben. Dort bei Mondschein zu übernachten wäre sicherlich ein unvergessliches Erlebnis.

Ein weiterer Höhepunkt war der 12. Februar. Der Khedive, HH Abbas II Hilmi Bey, lud im Thronsaal seines Palastes zum Empfang. Für das Buffet bereiteten wir an die zwanzig Leckerbissen zu: Filets d'ombrine en belle-vue, Medaillons de Foie gras de Strasbourg, Faisans Brillat-Savarin und vieles mehr.

Lassen Sie mich die Menükarte in meinem Album suchen. Hier ist sie, eine schlichte Karte mit der Königskrone des Khediven. Kennen Sie den Palais d'Abdine?«

»Leider nur von außen, ich war nie Teil einer offiziellen Delegation.«

»Ich habe auch nur einen Teil davon, den Salamlek-Flügel, gesehen. Aber dort habe ich viel, sehr viel Prunk bemerkt.«

»Ihre Bemerkung gibt mir die Gelegenheit, eine Kritik über Abbas Hilmi Pasha loszuwerden. Er war der Enkel des erwähnten Ismail Pasha. Als ich sagte, dass Großbritannien den Khediven weiterhin als Repräsentanten des osmanischen Reiches anerkannte, vergaß ich das Ende dieser Politik zu erwähnen. Unser Militär stürzte Abbas Hilmi im Jahre 1914, nachdem er sich, wohl auf Geheiß Konstantinopels, auf die Seite der Mittelmächte geschlagen hatte.«

Nun war Emil Krebs wieder am Zug: »Kurz darauf packte ich meine Koffer und reiste in die Schweiz zurück, nicht ohne mich vorher mit Geschenken für die Kinder meiner Geschwister einzudecken. Für mich erwarb ich als Andenken eine ausgestopfte

Meeresschildkröte, ein Gürteltier und einen Spazierstock mit silbernem Knauf.«

Archibald Sharp stand auf und öffnete das Fenster. Ein Luftzug wirbelte die stickige Luft des Salons
auf. »Emil, ich möchte Sie, wenn Sie gestatten, fragen, wie es Ihren Augen geht. Ich meinte bemerkt zu
haben, dass Sie nicht mehr so gut sehen.«

Der Angesprochene stand auf und trat neben
den Gast: »Ich leide unter dem Grauen Star. Immer
und immer wieder habe ich mir vom Optiker neue,
stärkere Brillengläser anfertigen lassen. Seit einigen
Monaten hilft auch dies nicht mehr.«

»Haben Sie einen chirurgischen Eingriff in Er-
wägung gezogen?«, fragte der Gast und sprach, ohne
auf eine Antwort zu warten, weiter. »Gerade vor ein
paar Wochen, ich tätigte Einkäufe in der Oxford-
street, traf ich einen jüngeren Bekannten. Er ist zur-
zeit als *Aviation Medicine Consultant* im Head Quar-
ter der Royal Air Force in Bad Eilsen, ich glaube, das
liegt in Niedersachsen, stationiert. Er berichtete von
großen Fortschritten bei Augenoperationen. Ich werde ihn noch heute anschreiben, um mehr zu erfahren.

Auch wollte ich Ihnen sagen, dass der Tee aus
der Silberkanne ausgezeichnet geschmeckt hat. Den
Kuchen fand ich vorzüglich. Als Brite vermisse ich in
der Schweiz lediglich die Scones mit Clotted Cream
und Jam.«

Der Brite streckte seine Arme vor. »Ja, für heute haben wir genug gesprochen. Außerdem bin ich

müde, da ich letzte Nacht schlecht geschlafen habe. Mal für Mal habe ich zu den vollen Stunden die Schläge der Kirchturmuhr gezählt. Sollen wir uns morgen wieder zur gleichen Zeit treffen?«, fragte er.

Emil, sich aufrichtend: »Gerne. Ich wünsche Ihnen einen guten Appetit und eine gute Nachtruhe.«

Der Gast hatte den Salon bereits verlassen, als der Seniorchef zur Türe ging, um die Aushilfe an der Rezeption zu bitten, seine Unterlagen und Bücher bis zum folgenden Tag im Büro beiseitezulegen.

Luzern, Dienstag,
26. September 1950
Böige Westwinde,
Regen; Luft (12:30) 12°C

Hilde Krebs saß nach dem Mittagessen im Büro und vertiefte sich in die Morgenausgabe der »Neuen Zürcher Zeitung«; anschließend überflog sie noch die Mittagsausgabe. Als sie den Nachruf auf René Delaquis, ein Finanzvertrauensmann der ägyptischen Baumwollexporteure, der den guten Ruf der Schweiz in Ägypten über 50 Jahre hochgehalten hatte, las, nahm sie sich vor, ihren Vater auf die Würdigung aufmerksam zu machen, realisierte dann aber, dass ihr Papa und dieser Delaquis wohl nicht gleichzeitig im Land am Nil gelebt hatten.

Weiter las sie von einer totalen Mondfinsternis, die um 4 Uhr morgens stattgefunden habe und die sie offensichtlich verschlafen hatte. Zu sich sagte sie: »Halb so schlimm! Das Wetter war ja eh schlecht, und der Mond hat sich mit ziemlicher Sicherheit nicht gezeigt.«

Dann überflog sie die zwei Spalten, die die Beratungen des Nationalrates über eine umstrittene, außerordentlichen Hilfe für die Swissair zusammenfassten. Der Bund, so lautete der Vorschlag, sollte die zwei Langstreckenflieger der nationalen Fluggesellschaft für 15 Millionen Franken übernehmen und der Firma unentgeltlich zur Verfügung stellen. Einen kurzen Moment fragte sie sich, ob sie denn je nach New York fliegen werde, verwarf aber die Idee gleich wieder, da sie sogar für Ferien in der Schweiz nur mit großer Mühe ihr Zuhause verlassen konnte.

Ihr Bruder Arno streckte den Kopf durch die Tür und erkundigte sich, ob sie noch etwas benötige. Da fiel sein Blick auf den beiseitegelegten Sportteil mit der Schlagzeile: Grand-Prix de Suisse ohne Kübler, und er konnte sich einen Kommentar nicht verkneifen. »Ferdy Küblers Absage an das Radrennen in Zürich wird ihm arg übel genommen.«

Etwas später querte Vater Krebs das Vestibül auf dem Weg zur Küche, wo er seiner Tochter Wally beim Suchen und Ordnen von Backrezepten behilflich sein wollte.

16:30 | 3. Teegespräch

Der Gastgeber kam einige Minuten vor der vereinbarten Zeit in den Salon, um zu prüfen, ob die Alben
bereitlagen und das Holz im Cheminée brannte. Ihm
blieb noch das Licht der Stehlampen anzumachen.

Wally Souvoroff brachte frisch gebackene, warme Scones und zwei Schälchen, gefüllt mit Doppel-
rahm und Erdbeermarmelade.

Ihr Vater fragte: »Für welche Backanleitung hast
du dich entschieden?«

»Ich habe die Scones nach dem klassischen Rezept mit Mehl, Zucker, Eier, Butter, Salz und Joghurt
hergestellt und mir erlaubt, drei Tropfen Zitronen-
saft beizufügen.«

Als die Tochter des Hauses den Raum verlassen
wollte, um die Teekanne, Teller und Tassen zu holen, betrat Archibald Sharp den Salon. Er trug, wie

an den Vortagen, einen dunklen 3-Knopf-Anzug mit weißem Hemd und Krawatte. An diesem Nachmittag hatte er auf eine Weste verzichtet.

»Guten Nachmittag«, grüßte er die Anwesenden und mit einem Blick auf Wally Souvoroff, »das ist eine Überraschung! Sind das Scones?«

»Ja«, antwortete diese beim Verlassen des Raumes, und ihr Vater fügte an: »Ich habe meine Tochter gebeten, uns diese schottische Spezialität zu backen. ›Wenn wir ein Rezept finden, backe ich gerne Scones‹, antwortete sie. Da half ich ihr, eine Anleitung zu finden.

Archie, wie geht es Ihnen, haben Sie bei diesem Hundewetter einen guten Tag verbracht?«

Der Gast schnitt eines der runden Küchlein horizontal durch und bestrich die beiden Hälften mit dem fetten Rahm und der Marmelade. »Ich nehme an, wir setzen uns ans Kaminfeuer.«

Emil nickte. Beide schoben die vor dem Cheminée platzierten Sessel zurecht und ließen sich darin nieder.

»Danke, ich hatte einen geruhsamen und guten Tag. Ich besuchte, wie von Ihnen vorgeschlagen, das Bourbaki-Panorama. Anschließend habe ich mir das Hotel Schweizerhof von innen angeschaut. Sehr nobel, ein Grand Hotel. Vor dem Hoteleingang stand ein fremdartiges Fahrzeug, das einer Kutsche, einer Kutsche ohne Pferd, ähnlich sieht.«

Der Patron schmunzelte. »Das ist Mathilde, ein Elektro-Omnibus der Firma Tribelhorn aus dem Jahre 1913, vermute ich. Wie Sie beobachtet haben, gleicht das Gefährt einer hochgesetzten Pferdekutsche. Wegen der eingeschränkten Leistung der Batterien benutzt der Schweizerhof diesen Wagen ausschließlich für den Gästetransport zwischen Hotel und Bahnhof. Wie hat Ihnen das Bourbaki-Panorama gefallen?«

»Imposant. Ich habe bei der Lektüre der aufgelegten Dokumentation erfahren, dass das Rundbild eine Episode des Deutsch-Französischen Krieges abbildet. Wenn ich mir vorstelle, wie die französischen Offiziere und Soldaten im Winter 1871, in desolatem Zustand und mangelhafter Bekleidung, bei großer Kälte und Schnee versuchten, den Preußen zu entkommen, wird mir angst und bange. Dann endlich erreichen sie erschöpft die Grenze, müssen aber nochmals ausharren, bis sie von den Schweizern interniert werden. Die Darstellung empfand ich als sehr realistisch, derart wirklichkeitstreu, dass ich zu frösteln begann. In dieser Armee, wir sprechen von 80 000 Mann, herrschte mit Sicherheit keine gute Kampfmoral, was dem Chef, General Bourbaki, ein schlechtes Zeugnis ausstellt. Wie alt waren Sie damals? Haben Sie noch Erinnerungen an diese Zeit?«

»Ich war sieben Jahre alt. Die Gefechte und die Entwaffnung der Bourbakis fanden im Neuenburger Jura, ganz in der Nähe, wo ich aufgewachsen bin, statt. Nachts soll das Grollen der Geschütze hörbar gewesen sein. Ich selber kann mich nicht daran erinnern.«

Archibald stand auf und strich sich ein weiteres luftiges Gebäck: »Erzählen Sie mir etwas von Ihrer Jugend.«

Der Senior erhob sich langsam und legte ein Buchenscheit in den Kamin. »Meine Jugend«, er stieß mit dem Schürhaken das frische Scheit in die Mitte der Glut, »ich bin in Tschugg, einem Dorf im Berner Seeland, aufgewachsen. Mein Vater Gottlieb Krebs, ein Bauer aus Wattenwil im Gürbetal, hatte dort Land gepachtet. Der ganze Boden, Deutsche kennen dafür den Ausdruck Ländereien, war damals im Besitz des Berner Patriziates. In unserem Dorf hatte die Familie von Steiger das Sagen. Ihnen mussten die Pächter das Zehntel abliefern, die Weinbauern sogar mehr in Form von Weinmost. Vaters Land lag nicht am Hang und war darum für Reben ungeeignet. Seine Pacht erstreckte sich in der Ebene des Großen Mooses, ein fruchtbares Gebiet.

Meine Eltern heirateten im Jahre 1848. Meine Mutter, Elisabeth Garo, kam aus der Ostschweiz. Sie brachte sechs Knaben und zwei Mädchen zur Welt. Adolf, der Älteste war 15 Jahre älter, und Friedrich Karl, der Jüngste, drei Jahre jünger als ich.«

Der Berner Seeländer nahm sich auch ein Scone und goss Tee nach. »Ich besuchte die Primarschule in Tschugg und die Sekundarschule in Erlach, das zu

Fuß eine halbe Stunde entfernt liegt. Erlach befindet sich direkt am Bielersee, genau dort, wo eine Landzunge hinaus zur Petersinsel führt. Vielleicht haben Sie von der Petersinsel gehört?«

»Ja, das ist doch die Rousseau-Insel«, antwortete Archibald.

»Genau, im dortigen Klostergebäude haben auch Goethe und die französische Kaiserin Joséphine de Beauharnais logiert. Meine Besuche der Insel kann ich an einer Hand abzählen, jedoch erinnere ich mich gut an den ersten, als ich 16 Jahre alt war und am Erntedankfest teilnehmen durfte. Meine älteren Brüder hatten mir von der aufgeregten Stimmung und der Möglichkeit, Mädchen kennenzulernen, erzählt.

Mit hohen Erwartungen und einer inneren Unruhe sah ich dem Tag des Festes entgegen. Wir marschierten alle zusammen von Tschugg nach Erlach, kehrten dort im Gasthaus zur Erle ein und ruderten anschließend zur Insel. Einen Fußweg gab es damals noch nicht, da die Landverbindung erst später, im Rahmen der Jura-Gewässer-Korrektion, entstand.«

»Im Rahmen von was?«, fragte der Engländer erstaunt. »Können Sie mir erklären, was ich mir darunter vorstellen muss.«

»Mit diesem Projekt sollten die unregelmäßigen Hochwasser der Aare, die immer zu schlimmen Überschwemmungen des Großen Mooses führten, verhindert werden.«

»Also ganz anders als beim Nil ...«, bemerkte Archibald.

»Richtig, das Hochwasser des Nils kam immer im Frühling vor der Aussaat und bewässerte die Felder. Ganz anders im Berner Seeland, wo die Überflutungen zu katastrophalen Ernteausfällen führten. Die Verzweiflung der Bauern war jeweils groß. Da halfen weder sonntägliche Bittrufe an den Allmächtigen noch Hilferufe in Richtung des Berner Patriziats.

Nach den schweren Überschwemmungen von 1834 hatte dann der Bund ein Einsehen und sprach Geld für ein Projekt, das den Bielersee als Ausgleichsbecken vorsah. Die Aare sollte vor dem Großen Moos durch einen Kanal in den See abgeleitet werden. Um eine vernünftige Fließgeschwindigkeit zu garantieren, musste der Seespiegel jedoch um zwei Meter abgesenkt werden. Dies wiederum erforderte den Bau eines neuen, künstlichen Abflusses am unteren Ende.

Die Arbeiten dauerten über 50 Jahre, und bei der Absenkung des Seespiegels entstand zwischen Erlach und der Petersinsel, dort wo sich in trockenen Sommern das Wasser unnatürlich gebrochen hatte, eine Landverbindung.

Nach dem Abschluss der Sekundarschule half ich meinem Vater einige Wochen bei der Bestellung und Ernte der Felder. Mit einem Strahlen im Gesicht fragte mich Mutter, ob ich nun Bauer werden wolle. Ich konnte ihr keine Antwort geben, da ich unschlüssig war, mich vielleicht auch vor einer Entscheidung drückte.

An den Wochenenden half ich im Restaurant Erle aus und dann, wie ein Blitz aus heiterem Himmel«, der Hotelier unterstützte die Beschreibung des Vorgangs mit einer ruckartigen Bewegung seiner Arme, »stand mein Entschluss, Koch zu werden, fest. Vater sprach mit den von Steigers, und mit deren Hilfe fand ich eine Lehrstelle in Genf. Diese war mit freier Kost und Logis verbunden, aber anfänglich ohne Gehalt. Der Besitzer des Restaurant du Lac an der Rue du Rhône schrieb mir, dass er am Wochenende des 21. Januar 1882 auf mich zähle.«

Die Saaltochter trat ungehalten in den Salon. »Entschuldigen Sie die Störung, Herr Krebs. Ich suche Ihre Tochter Hilde. Wir haben beim Decken der Tische festgestellt, dass uns das Haushaltgeschäft Grüter Suter eine falsche Größe des Langenthal-Geschirrs geliefert hat.«

»Wo meine Tochter ist, kann ich Ihnen nicht sagen«, antwortete der Seniorchef, »aber seien Sie versichert, dass wir das Problem morgen schnell lösen werden.«

Nach der kurzen Unterbrechung fuhr er fort: »Am Neujahrstag fiel Schnee in enormer Menge. Die Kinder purzelten in der weißen Pracht herum. Während ich sie beim Rollen von Schneemännern beobachtete, machte ich mir Gedanken, was ich in meinen Koffer packen sollte. Etwas Unterwäsche, zwei Hemden und eine Hose, dachte ich mir, sollten reichen. Der Geldsäckel mit Münzen, eine davon golden und zwei Zwanzigfrankenscheine der Berner Kantonalbank, die ich in Genf hoffentlich ohne Einschlag in Noten der Banc de Genève wechseln konnte, lagen bereit.

Mein Vater unterbrach mich bei meinen Vorbereitungen, um die Aktivitäten der vor Freude kreischenden Kinder zu kommentieren. Diese waren mit Karotten und eingeschrumpelten Äpfeln unterwegs. Mein Vater meinte, dass die heutigen Schneemänner mit ihren roten Nasen und gelben Augen sehr fröhlich wirkten. Als er jung gewesen sei, habe man keine von den wenigen Esswaren zur Verzierung verwenden dürfen.

Meine Abreise hatte ich für den Donnerstag vor dem besagten Wochenende geplant. Es schneite wieder. Vater hatte ein Pferd vor den Schlitten gespannt, den er aus einer Transportlade eines alten Karrens selber gebaut, will heißen, mit Kufen versehen hatte.

Während meine Mutter mich umarmte, flüsterte sie mir ins Ohr: ›Pass auf dich auf! Mit Gottes Hilfe wirst du es weit bringen‹, dann lauter: ›Aber komm mir nicht als Konvertit zurück!‹«

Der Engländer hob die offenen Hände vor die Brust. »Auf was bezog sich denn diese Drohung?«

»Diese bezog sich auf meinen Bruder Adolf. Ich war 10, vielleicht 11 Jahre alt, als er ohne Vorwarnung nach Hause kam, um den Eltern mitzuteilen, dass er zum Katholizismus konvertieren werde. Ich erinnere mich an meine Mutter, die wie von der Tarantel gestochen aufsprang und meinen Bruder mit Worten wie Schande, eine Schande für die Familie, für unseren Herrn und fürs ganze Dorf überschüttete.«

»Was haben Sie Ihrer Mutter zur Antwort gegeben?«, erkundigte sich der Engländer und lehnte sich wieder zurück.

»Ich stand etwas verloren da und war froh, als der Vater mit der Zunge schnalzte und ich auf den Schlitten aufsitzen konnte. Mit dem Kommando *Gib ihm!* stellte das Pferd die Ohren auf und für mich begann die Reise in ein neues Leben.

Der Weg führte durch den Wald nach Gampelen. Vater und ich saßen schweigend mit baumelnden Beinen auf der Lade. Um uns vom beißenden Fahrtwind zu schützen, hatten wir unsere Wollmützen tief ins Gesicht gezogen und die Kragen der Lodenmäntel hochgeschlagen. Der Schnee war griffig, wir kamen gut voran. Aus den Nüstern des Pferdes strömten wirbelnde Dampffahnen, und zwischen dem Stapfen und Pusten hörte ich die feinen knirschenden Laute der auf dem Schnee gleitenden Kufen.«

Emil Krebs und sein Gast standen auf, um sich die Teetassen erneut zu füllen. Dabei trat Archibald Sharp ungewollt an das Tischbein. Er entschuldigte sich und fragte nach einer kurzen Pause: »Standen Sie Ihrem Bruder nahe?«

Der Patron setzte sich wieder in den behaglichen Sessel, dann antwortete er: »Ja, so ist es. Trotz des Altersunterschieds hatten wir immer eine enge Beziehung. Er kam als Erstgeborener in den Genuss einer speziellen Ausbildung. Frau Thormann, eine geborene von Steiger hatte bemerkt, dass er ein wissenshungriger Knabe war, worauf sie meinen Eltern anbot, ihn, zusammen mit ihrem eigenen Sohn, von der Hauslehrerin, einem Fräulein Merkle aus Ulm, unterrichten zu lassen. Nach zwei Jahren wurde Thormanns Sohn zur weiteren Ausbildung nach Bern geschickt, und Adolf wechselte in die öffentliche Schule. Seine Leistungen müssen gut gewesen sein, denn sein Lehrer unterstützte voller Zuversicht und Stolz seinen Übertritt ins Gymnasium. Mit finanzieller Unterstützung der Thormanns konnte er die Maturitätsschule in Bern besuchen und danach schrieb er sich an der Abteilung für Architektur am Polytechnikum in Zürich ein.«

Emil Krebs schaute in die züngelnden Flammen, indes der Gast geduldig wartete und das fein geschnittene Gesicht, die silbrig glänzenden Kopfhaare und den vollen Zweifingerbart des Hausherrn betrachtete.

»Ich habe mich oft gefragt, ob unsere enge Beziehung auch darauf beruhte, dass mein Bruder mir einen Teil seiner Privilegien weitergeben wollte«, nahm der Patron den Faden wieder auf. »Ich erinnere mich an eine gemeinsame Wanderung im Großen Moos, als ich die Primarschule besuchte und er die Semesterferien zu Hause verbrachte. Am Polytechnikum hatte er eine Vorlesung über die trigonometrische Vermessung besucht. Die ersten Vermessungen in der Schweiz, erklärte er mir, basierten auf einer vor Beginn des 19. Jahrhunderts im Großen Moos gelegten Grundlinie. Die zwei eingrenzenden Messmarken wollte er aufsuchen. So kam es, dass wir zusammen über Ins an den Murtensee wanderten. Unterwegs erzählte er von französischen Wissenschaftlern, die bereits Mitte des 18. Jahrhunderts im Hochland der Anden, in der Nähe von Quito, Landvermessungen durchgeführt hätten. Ich hatte keine Ahnung, wo diese Stadt auf einem Atlas zu finden wäre. Da ritzte er mit seinem Wanderstock die Umrisse Lateinamerikas in die staubige Landstraße, fügte flugs die Äquatorlinie dazu, und seither vergesse ich nie mehr, wo die Hauptstadt Ecuadors liegt.«

Archibald Sharp zog seine Beine an und setzte sich auf. »Ich habe in Cambridge Geschichte studiert und verstehe keinen Deut von trigonometrischer Vermessung. Allerdings erinnere ich mich in der Vorlesung über Ethnologie, also in der Völkerkunde, etwas über diese Expedition gehört zu haben. Charles-Marie de La Condamine, ein Mathematiker und Astronom, wollte zusammen mit anderen Wissenschaftlern die Distanz zwischen zwei Breitengraden am

Äquator mit einer entsprechenden Messung in Lappland vergleichen und so Isaac Newtons Hypothese, dass die Erde an den Polen abgeflacht sei, beweisen.«

»Ihr Wissen beeindruckt mich, Archie. Nur verstehe ich nicht, was diese Messungen mit Ethnologie zu tun haben.«

»Null und nichts, aber La Condamine hatte sich nach Abschluss der Vermessungsarbeiten von seinen Fachkollegen getrennt und, möglicherweise als erster Mensch der Alten Welt, Südamerika durchquert. Nach seiner Rückkehr berichtete er von bis dato unbekannten Völkern im Amazonasbecken. Emil, ich habe Sie unterbrochen, als Sie von Ihrer Wanderung erzählten.«

»Kein Problem. Wir hatten das Dorf Ins lange hinter uns gelassen, als mein Bruder kurz nach Sugiez, rechts neben der Straße, einen Vermessungsstein fand. Dieser definiere zusammen mit einem 13 Kilometer entfernten bei Wilperswil die Grundlinie. Wenn ich mich richtig erinnere, brauchte er das Wort Standlinie. Item, diese sei für die Erstellung der bernischen Landeskarten und der schweizerischen Dufourkarte von eminenter Wichtigkeit gewesen. Die Strecke wurde mit einer Stahlkette gemessen. Eine Nachmessung mit einem normierten Eisenstab habe einen Unterschied von wenigen Zentimetern ergeben; ein Klacks für die damalige Zeit.

Während mein Bruder mir all dies erzählte, richtete ich meinen Blick auf den in die Erde eingelassenen, rund zugeschlagenen und von viel Unkraut überwucherten Stein, ein Kalkstein mit einem eingemeißelten Fadenkreuz. Mein Bruder begann das Unkraut zu rupfen und wischte mit der offenen Hand den Schmutz auf der Messmarke sachte beiseite, als ob er eine Grabplatte eines geliebten Menschen karessierte. Wenngleich ich seine Begeisterung, ja Hingabe nicht teilen konnte, himmelte ich ihn vorbehaltlos an.«

»Das Glück, einen älteren Bruder zu haben, hatte ich leider nicht«, bedauerte der Gast und nahm einen Schluck Tee.

»Es war ein zweischneidiges Glück, denn ich musste auch seine Sprunghaftigkeit miterleben. Kurz nach diesem Ausflug hängte er nämlich seine akademische Ausbildung an den Nagel. Das vorgegebene Konzept, er nannte es ein Korsett, behagte ihm nicht.

Nach dem Abbruch des Studiums arbeitete er einige Jahre am Hof des Fürsten von Palermo, bei der Familie Bordonara als Maler und Hauslehrer, danach trat er in die Erzabtei St. Martin zu Beuron ein. In diesem Benediktinerkloster wurde er als Chorpostulant eingekleidet und erhielt im Herbst 1889 bei der Aufnahme ins kanonische Noviziat den Namen Paulus.

Als ich das erste Mal in Kairo ankam, erhielt ich von ihm eine Karte mit der Nachricht, dass er vom

Bischof Wilhelm von Reiser zum Priester geweiht worden sei. Als ich ihn das nächste Mal traf, trug er bereits einen Vollbart und seine Augen funkelten.

Eine Aussöhnung mit den Eltern suchte er vergeblich. Meine Mutter war eine gläubige Person und kam mit seiner Entscheidung nie klar. Es sei, sagte sie mir einmal, wie bei einem Stachel im Fleisch, wo jede noch so kleine Berührung schmerzte. Die Animositäten zwischen den beiden christlichen Konfessionen gingen in der Schweiz tief. Im Berner Seeland wohnten fast ausschließlich Protestanten, und ich vermute, sie betrachtete die Katholiken als ihre Feinde. Möglicherweise scheute sie die Auseinandersetzung mit einem anderen Glauben, um ihren eigenen nicht in Gefahr zu bringen.«

An dieser Stelle unterbrach der Gast Emils Erzählung und wollte wissen, wieso Bruder Adolf Sizilien den Rücken gekehrt habe.

»Nun, Adolf schrieb mir, dass die von den Großgrundbesitzern gehaltenen Schutztruppen sich wegen ausstehenden Lohnzahlungen von ihren Auftraggebern losgesagt hatten und als Briganten vorerst die ländlichen Gebiete, später auch die Städte, unsicher machten. Aus diesem Grund verließ die Familie Bordonara Sizilien in Richtung Norditalien, und mein Bruder stand mit leeren Händen da.«

»Lebt Ihr Bruder noch?«, wollte der Brite wissen.

»Nein, er starb im März 1935. Ich schrieb damals nach Beuron, um mein Mitleid mit der Bruderschaft

zu teilen und bat um Übersendung von Adolfs Tage-
buch. Prior Hugos Sekretär schrieb mir, dass das ge-
wünschte Büchlein nicht ausgeliefert werden könne, da dieses für die Beuron'sche Kunstschule von
großem Wert sei. In einem Nebensatz stand, dass die
Seiten der Jugendjahre unleserlich gemacht worden
seien, was das Kloster sehr bedaure. Immerhin versprach der Sekretär, mir eine Anzahl Nekrologe, so
bald vorhanden, zukommen zu lassen.«

Die beiden Herren verstummten und lauschten
dem Knistern des Feuers. Nach einer Weile fragte der
Gast: »Morgen möchte ich die Schifffahrt auf dem
See unternehmen. Ich plane den frühen Kurs nach
Flüelen zu nehmen. Soll ich dann gleich zurückfah-
ren oder dort einen Zwischenhalt einlegen?«

»Sie sollten aus verschiedenen Gründen einen
Halt einlegen. Der zweite Kurs wird normalerweise vom Schaufelraddampfer Schiller bedient. Das
Schiff ist ein Bijou im Fin-de-Siècle-Stil und für seine gute Küche bekannt.

Im Weiteren hatte ich gerade die Absicht, eine
letzte Bemerkung über meinen Bruder zu machen,
als Sie mich, beim Kartenspiel würde man sagen, mit
der richtigen Farbe bedienten.«

Der Gast erkundigte sich mit Erstaunen: »Sind
Sie Kartenspieler?«

Darauf antwortete der Patron mit einem Lächeln: »Als Jugendlicher ja, aber seit vielen, vielen
Jahren habe ich nicht mehr gespielt … Ich wollte sa-

gen, dass Sie in Flüelen unbedingt die neue Kirche, oben auf dem Hügel besuchen sollten. Mein Bruder hat gemeinsam mit Konfratres des Klosters Beuron vor dem 1. Weltkrieg dort den Altarraum bemalt, und mich würde Ihre Beurteilung dieser Ausschmückung interessieren.

Aber nun sollte ich wohl besser die Klammer schließen und auf den Tag meiner Abreise nach Genf zurückkommen.«

Während der Senior sich räusperte und Luft holte, nickte Archibald Sharp mehrmals. »Wie bereits erwähnt, saß ich neben meinem Vater auf dem Schlitten. Wir kamen gut voran, hatten die Ebene erreicht, und schon bald tauchte das Château de Thielle aus dem Dunst auf. Seit je war das der einzige Ort zwischen Neuenburger- und Bielersee, wo die sumpfige Landschaft der mäandernden Thielle überquert werden konnte. Die Steinbrücke, die mit mehreren kurzen Bögen den Fluss überspannte, befand sich unmittelbar neben dem Schloss. Von dort waren es nur noch zwei Kilometer bis zum Winzerdorf Cornaux, wo sich der Bahnhof der SOS* befand.

Mein Vater war kein Mann vieler Worte, der Abschied war kurz. Unter den an seinem Schnauz hängenden Eiszotten, die ich vorher nicht bemerkt hat-

---

* SOS (Suisse-Occidentale-Simplon), eine Gesellschaft, entstanden durch den Zusammenschluss der Chemins de fer de la Suisse Occidentale und der Compagnie Simplon.

te, murmelte er Worte von Gesundheit und Glück hervor, dann umarmten wir uns. Ich trat mit meinen wenigen Habseligkeiten in das Stationsgebäude ein und fragte nach einer Fahrkarte 3. Klasse.

Schon bald hörte ich die schnaubend schlagenden Geräusche der herannahenden Lokomotive. Der durch den Zug aufgewirbelte Triebschnee klebte an den Waggons. Die Aufstiege zu den offenen Plattformen der zweiachsigen Wagen waren vereist. Die Zusteigenden zogen sich an den Metallstangen sachte hoch und verschwanden sogleich im Innern. Der ungeheizte Wagen der 3. Klasse war am Schluss des Zuges angekoppelt. Wir waren ein halbes Dutzend, aber alle saßen eingemummelt auf den Holzbänken. In den größeren Bahnhöfen, wo die Lok Wasser aufnahm, nutzten wir die Zeit, uns in überhitzten Wartesälen aufzuwärmen. Der Begriff Saal war eine starke Übertreibung, denn diese Lokalitäten der 3. Klasse waren enge, meist übel riechende Orte«, der Patron rümpfte Stirn und Nase, dann hielt er sein Handgelenk unter die Nase, als ob er mit seiner eigenen Ausdünstung den in seiner Erinnerung haftenden Geruch auslöschen könnte.

Nach einer Pause, die sein Gast schweigend verstreichen ließ, nahm er seinen Bericht wieder auf: »Am späteren Nachmittag, es dämmerte bereits, kam ich in Genf am Bahnhof Cornavin an. Die Männer vom Gaswerk waren eben unterwegs, die Laternen anzuzünden. Ich hatte von der Straßenbeleuchtung gehört, aber diese in Wirklichkeit zu erleben war etwas anderes. Ja, ich war in der großen weiten Welt angekommen.

Direkt vor dem Bahnhofsgebäude stand ein zweistöckiger Wagen der Pferdebahn, den ich, so hatte mein Lehrmeister mir geschrieben, nicht nehmen solle. Die Tramway gehe zum Molard, was nicht falsch sei, aber einem Umweg gleichkomme. Darum soll ich besser zu Fuß in die Rue du Mont Blanc einbiegen. So schritt ich vorbei an in Wolldecken auf dem Bock sitzenden oder neben ihren Gefährten mit Armbewegungen sich aufwärmenden Kutschern. Als ich den See erreichte, überquerte ich die Brücke über die Rhone und fand, ohne nachzufragen, die Rue du Rhône.«

»Wie muss ich mir die ersten Tage als Lehrling vorstellen?«, fragte der Gast.

»Als Lehrling verrichtete ich alle minderen Arbeiten, vor allem reinigte ich täglich mehrmals die Küche und die Gerätschaften. Ich half jedem und überall aus, besonders an diesem ersten Wochenende. Als Erstes wurde mir gezeigt, die Messer nie, unter keinen Umständen, auf dem Rücken abzulegen, da sich jemand an der Klinge verletzen könnte.

Ich lernte Speisen auf unterschiedliche Arten zuzubereiten; beispielsweise durch Kochen, Dämpfen, Schmoren, Gratinieren, Sautieren und Pochieren.

Die Küche des du Lac war gut eingerichtet, nicht klein, aber auch nicht groß. Mein Lehrmeister zeigte mir die Küchenorganisation und die Verteilung der einzelnen Aufgaben in der Küche. Mich beeindruckte, wie die Arbeiten der einzelnen Küchenstationen, auch bei großer Hektik und Lärm, wie Zahnräder ineinandergriffen. Ich erwarb die Fähigkeit, konzentriert zu arbeiten, ohne die Ansagen des Vorgesetzten zu überhören, und mir wurde beigebracht, die Gerichte schmackhaft und schön angeordnet zuzubereiten.

Wir wurden angehalten, täglich bis zu zehn oder elf Stunden zu arbeiten, das war im Gastgewerbe üblich. In Genf wurde die Forderung mit der Lehre Calvins, die von jeder Person bedingungslosen Einsatz verlangt, begründet.«

Die durch das offene Feuer erzeugte Wärme ermüdete die Gesprächspartner, und der Dialog flaute ab. Nach ein paar Minuten brach der Engländer das Schweigen.

»Ich habe heute in der Nähe des Bourbaki-Panoramas zwei befremdliche Beobachtungen gemacht. Vor einem Laden mit dem Namen Migros standen Personen mit Transparenten, die den Zugang zum Geschäft blockierten. Ich ging weiter, und kurz bevor ich das Seeufer erreichte, bemerkte ich eine Brandruine. Bereits am Sonntag, als ich am Quai entlangschlenderte, stach mir dort ein Brandgeruch in die Nase, ohne dass ich einen Grund dafür erkennen konnte. Wissen Sie mehr darüber?«

»Ja, letzten Donnerstag ist der Luzernerhof gänzlich ausgebrannt. Das Haus sollte abgebrochen werden und war darum unbewohnt. Dennoch endete die Brandbekämpfung tragisch. Bei den Löscharbeiten kippte eine mechanische Leiter um, und vier Feuerwehrmänner stürzten auf die Straße. Einer konnte nur tot geborgen werden und ein Zweiter ist am Samstag im Spital seinen Verletzungen erlegen. Die Restlichen sollen außer Lebensgefahr sein.

Zu der Protestkundgebung an der Zürcherstraße: Das sind Personen, die gegen den vor ein paar Monaten eröffneten Selbstbedienungsladen demonstrieren. Das Konzept des Selbstbedienungsladens ist für uns neu. Kommt hinzu, dass die Migros ihre Produkte selbst herstellt und ohne Zwischenhandel in ihren eigenen Läden verkauft. Nun bangen die Einzelhändler um ihr Geschäft. Man sagt, dass sie schwarze Listen über Personen, die bei Migros einkaufen, führen.

Die Firma betreibt eine aggressive Markenpolitik und gibt den eigenen Produkten Namen, die sie bei der Konkurrenz abkupfert. Nur ein Beispiel. Die Firma HAG besitzt in der Schweiz das Monopol auf den Verkauf des koffeinfreien Kaffees. Alle kennen den *Kaffee Hag*. Migros nennt ihr Produkt *Kaffee Zaun*.«

Als Emil Krebs in Archibald Sharps verständnislose Augen sah, schmunzelte er: »Hag, das ist auf Schweizerdeutsch das Wort für Zaun!«

Archibald Sharp stand auf, schüttelte seine Beine aus und sagte: »Emil, let's call it a day. Ich entschuldige mich für das abrupte Ende, aber ich habe meine Hausaufgaben immer noch nicht abgeschlossen.

Könnten wir uns morgen etwas später, sagen wir um 17 Uhr treffen? Mein Schiff kommt kurz nach vier Uhr zurück, und ich möchte mich vor dem Tee gerne etwas frisch machen.

Und würden Sie bitte Ihrer Tochter ausrichten, dass mir die Scones vorzüglich munden. Speziell gefällt mir die schwache saure Note, die ich im Gaumen schmecke.«

Mit den Worten: »Emil ich freue mich, Sie morgen wiederzusehen«, verabschiedete sich der Brite, während der Patron sitzen blieb, die Glut im Kamin betrachtete und den Erinnerungen an seine Jugendjahre nachhing.

Luzern, Mittwoch,
27. September 1950
Zuerst regnerisch,
dann Übergang zu
wechselhaftem Wetter;
Luft (12:30) 13°C

Die beiden Schwestern gingen im Büro ihren Aufgaben nach. Als Wally Souvoroff die Schlagzeilen der auf dem Tisch liegenden Zeitung erblickte, reagierte sie ungehalten. »Die Walliser Bauern haben die Beherrschung verloren«, und ohne auf eine Antwort zu warten, schimpfte sie: »150 Doppelzentner Tomaten haben sie in die Rhone geworfen und wollen so gegen den Import von billigen Früchten und preisgünstigem Gemüse demonstrieren. Das geht zu weit, findest du nicht auch?«

»Die Walliser sind nun mal Hitzköpfe!«, antwortete Hilde Krebs und fuhr nach einer kurzen Pause fort: »Ich wollte dich auf etwas anderes ansprechen. Seit Tagen sehe ich in der ›Neuen Zürcher Zeitung‹ eine Annonce für den demnächst erscheinenden vierten Band von Winston Churchills Werk über den 2. Weltkrieg. Dieser trägt den Titel ›Die Schicksalswende‹ und deckt die Zeit vom Beginn des Krieges in Ostasien bis zur Konferenz in Casablanca ab. Papa spricht so oft über Churchill, da kam mir die Idee, ihm diesen Band zu Weihnachten zu schenken, was meinst du? Während der Wintermonate hätten wir Zeit, ihm daraus vorzulesen. Ich bin sicher, dass er sich darüber freuen würde.«

Die Schwester nickte. »Eine ausgezeichnete Idee, aber fragen wir noch Arno.«

»Wenn wir von Ostasien sprechen«, setzte Hilde Krebs fort, »ich lese fast täglich über den Krieg in Korea, über Gefechte zwischen nordkoreanischen und alliierten Truppen unter der Leitung der Amerikaner. Es macht den Anschein, als ob Letztere den kommunistischen Feind nach Norden zurückdrängen können.

Und um den sozialistischen Einfluss in der ganzen Region einzudämmen, hat das Vereinigte Königreich ihre Commonwealth-Staaten zu einer Konferenz nach London geladen.«

»Was bitte soll den Roten entgegengesetzt werden?«, fragte die Schwester.

»Mit einer Beschleunigung der wirtschaftlichen Entwicklung aller Länder in Ostasien soll ein höherer Lebensstandard erreicht und die Menschen so für marxistische Ideen weniger empfänglich gemacht werden.«

Auf dem Weg zum Mittagessen grüßte der Seniorchef die gerade angekommenen Gäste aus Italien, deren pompöses Gehabe ihn an eine Verdi-Oper erinnerte und eigene Rom-Erlebnisse wachriefen. Er nahm sich vor, Archibald Sharp von seiner beruflichen Entwicklung und den Häusern, in denen er als junger Mann tätig gewesen war, zu erzählen. Um die geplante Schilderung einfacher und übersichtlicher zu gestalten, wollte er nach dem Mittagsschlaf eine mit Orts- und Zeitachse versehene Grafik seiner Arbeitsorte aufzeichnen.

17:00 | 4. Teegespräch

Emil Krebs kam die Treppe runter und traf auf seine Tochter Wally, die ihn wissen ließ, dass Herr Sharp bereits im Salon auf ihn warte. Er öffnete die Türe, deren Scheiben beim Schließen immer noch schepperten, und nahm sich vor, den Hausdiener darauf anzusprechen, um diesen Missstand so schnell wie möglich beheben zu lassen. Dann richtete er seinen Blick auf den Gast.

»Ich grüße Sie! Sie haben sich wohl sehr beeilt?«

»Guten Abend, Emil. Da es heute früh immer noch regnete, bin ich nicht nach Flüelen gefahren. Die Verschiebung kam mir sehr gelegen, konnte ich so doch alle meine Briefschulden abtragen.

Vor ein paar Minuten kam Ihre Tochter mit Tee und warmen Scones. Wir haben etwas geplaudert, uns über die Vor- und Nachteile eines Lebens in einer Touristenstadt unterhalten ... Ich streiche mir gleich die Scones, solange diese noch warm sind.«

»Glücklicherweise haben wir am Nachmittag noch etwas Sonne gesehen«, bemerkte der Hotelier und verließ ungehalten den Raum, um sein Missfallen über das mangelnde Feuer im Kamin kundzutun. Nach wenigen Minuten kam er mit dem Hilfsportier zurück, der sich am Cheminée zu schaffen machte.

Der Patron setzte sich zu seinem Gast. »Wenn es Sie interessiert, erzähle ich Ihnen gerne von meinem Lebensabschnitt zwischen der Lehre in Genf und meinen Aufenthalten in Kairo.«

Der Brite rückte seinen Sessel zurecht und schaute sein Gegenüber erwartungsvoll an, was Emil Krebs als Zustimmung wertete.

»Die Kochlehre in Genf dauerte zwei Jahre, und nach der Abschlussprüfung blieb ich drei weitere Monate, bevor ich als Aide de Cuisine für ein Jahr in die Küche des Hotels de l'Ange in Nyon wechselte. Das Gebäude in diesem am Genfersee gelegenen Städtchen hatte dicke Steinmauern, die die Last der repräsentativen Räume in den oberen Stockwerken zu tragen hatten. Dementsprechend eng und verwinkelt war die Küche im Untergeschoss.

Mitte 1885 kehrte ich nach Genf zurück und begann als Commis in einer der Küchen des Grand Hotels Métropole am Grand-Quai* hinter dem Jardin

---

* Heute Quai du Général-Guisan.

Anglais. Ich war dort für kleinere Speisen verantwortlich, hatte aber keine Untergebenen.

Das Hotel zählte an die dreihundert Zimmer. Eine Nacht für das billigste Einzelzimmer, inklusive Service und Kerzen, kostete vier Franken, ein Betrag, der über meinem Tagesverdienst lag, und gleich noch eine Vergleichszahl: Der Pferdeomnibus vom Place de Neuve, mitten in der Stadt, zum Vorort Carouge kostet zehn Centimes. Ich erinnere mich an die Jetons aus Messing, die auf der einen Seite die Zahl zehn mit dem Namen *Tramways de Genève* und auf der Rückseite eine Dampftrambahn zeigten. Ich wunderte mich über das Bild, aber wenige Jahre später wurde die Strecke tatsächlich auf Dampf umgestellt.«

»Erstaunlich, was wir vor der Jahrhundertwende für vier Franken erstehen konnten«, bemerkte der Gast und fuhr mit einer Handbewegung fort: »Andererseits vermute ich, dass Ihre Gegenüberstellung der Kosten einer Übernachtung in einem Nobelhotel mit dem Gehalt eines jungen Kochs auch heute noch gelten.«

»Dem kann ich zustimmen, insbesondere wenn wir von der Rhonestadt sprechen, die aufgrund der internationalen Kundschaft immer ein teures Pflaster war. Ich gebe zu, dass die Stadt und die Umgebung mit dem See und den Bergen sehr reizvoll ist. Zusätzliche Attraktionen gab es, als ich dort arbeitete, wenige. Der Jet d'eau, ich meine die riesige Wasserfontäne, das monumentale Reformationsdenkmal, die bombastische Hauptpost und die Gebäude des Völkerbundes sind alle späteren Datums.

In den Hotelpalästen am Quai du Montblanc logierten Angelsachsen und Russen. Bei uns im Métropole stiegen wegen der Nähe zur russisch-orthodoxen Kirche mehrheitlich Russen ab. In Genf begann ich mich für Politik und wirtschaftliche Abhängigkeiten zu interessieren. Ich las regelmäßig das liberale ›Journal de Genève‹, das heute wohl bekannteste Blatt der Westschweiz.«

»Wie haben Sie die politische Lage damals, als Sie in der Stadt Calvins gearbeitet haben, eingeschätzt.«

»Nun, ich möchte keine Eulen nach Athen tragen. Sie haben dazu sicher eine wesentlich profiliertere Ansicht.«

Der Gast rieb mit Daumen und Zeigefinger seine Nase. »Mich interessiert Ihre Meinung, weil ich annehme, dass Sie, als Schweizer, eine einigermaßen neutrale Sichtweise vertreten.«

»Hhm, lassen Sie mich die Zeit auf zwei, drei Dekaden vor dem ersten großen Krieg eingrenzen, ansonsten bin ich hoffnungslos überfordert. Da kommt mir die imperiale Politik der europäischen Kolonialmächte, beispielsweise Frankreichs, Italiens, Portugals, Belgiens und«, mit einem Blick auf seinen Gast, »des Vereinigten Königreichs in den Sinn.

Ich staune, mit welcher Selbstverständlichkeit wir die Kolonien als billige Quelle für Rohstoffe angesehen haben. Niemand sprach von Ausbeutung, obgleich es offensichtlich war, dass die lokale Bevölkerung nicht mit Samthandschuhen angefasst wurde.«

»Sie haben recht. Zur Ehrenrettung möchte ich festhalten, dass wir Engländer zumindest nicht derart brutal und rücksichtslos wie die Belgier im Kongo vorgegangen sind«, warf der Gast ein.

»Wie sagt man so schön, hinterher ist man immer klüger. Dies gilt auch bezüglich Osteuropa.

Um sich dort eine Einflussnahme zu sichern, schlossen die Kontrahenten eine Vielzahl von bilateralen Verträgen sowohl untereinander als auch mit den kleineren Staaten auf dem Balkan ab. Dagegen sprach ja nichts, aber die damit eingegangenen Versprechen, wie Abtausch von Landstrichen, Gegengeschäfte, gegenseitige Anerkennung der Nationalität und vieles weitere mehr, konnten zu guter Letzt, als es hart auf hart ging, nicht eingehalten werden und führten letztlich zu einer Überforderung der Diplomatie. Vielleicht ein Grund, warum es zum Ersten Weltkrieg kam.«

»Sie haben die Sache gut, aber auch sehr zugespitzt formuliert, Emil. Gestatten Sie mir ein paar Worte zum Vereinigten Königreich. Für uns war es sehr wichtig, die Seewege zu unseren Kronkolonien, in erster Linie denke ich da an Indien, sicherzustellen. Dazu waren unsere Präsenz in Ägypten und eine gut ausgerüstete Flotte unverzichtbar.«

Der Hotelier unterbrach den Gast: »Sie sprechen in der Vergangenheitsform. Die Kontrolle über den Kanal liegt doch immer noch in den Händen des Königreichs, oder irre ich?«

»Nein, Sie irren sich nicht. Ich möchte Sie aber daran erinnern, dass wir, Frankreich und Großbritannien, den Kanal bezahlt haben und das Königreich heute dessen Betrieb garantiert. Ich habe meine Zweifel, ob König Faruq dazu imstande wäre.«

Der Senior schaute auf und fragte: »Wie sehen Sie, wie beurteilen Sie die Zukunft der britischen Kolonien?«

»Wie Sie wissen, hat die Krone einige Länder, wie Indien, Pakistan, Australien, Neuseeland, Kanada, in die Unabhängigkeit entlassen und gleichzeitig in das Commonwealth of Nations eingebunden. Ja, wir besitzen immer noch viele Dominions, so nennen wir unsere Kolonien heute. In Afrika sind dies Nigeria, der Sudan, Britisch Somaliland, Kenya, Uganda, Rhodesien und kleinere mehr. Im Indischen Ozean sind es Inseln, wie Sansibar, die Seychellen, Mauritius, Hongkong und Singapur. Ich vermute, dass alle in Zukunft einmal die Unabhängigkeit erlangen. Apropos Singapur, waren Sie mal dort?«

Der Patron schüttelte verneinend den Kopf.

»Schade. Da gibt es ein Hotel, das Raffles, das einen Vergleich mit dem Shepheard's nicht scheuen muss. In Singapur gibt es, das muss ich unbedingt erwähnen, im tropischen Regenwald einen großzügig dimensionierten Schweizer Club mit Restaurant, Sportanlagen und, Sie werden staunen, einer 300 Meter großen Schießanlage. Aber, verzeihen Sie, ich schweife ab. Ich wollte eine Anmerkung zu Ihrer Aufzählung der Kolonialmächte machen. Sie haben Deutschland nicht erwähnt.«

Emil Krebs holte Luft, doch Archibald Sharp war noch nicht fertig. »Ja, ich weiß. Da Reichskanzler Bismarck gegen Überseebezirke war, besaß das Deutsche Kaiserreich nur wenige Kolonien. Für mich umso erstaunlicher und beeindruckender, dass das Kaiserreich trotzdem wirtschaftlich sehr erfolgreich war.

Meine letzte Bemerkung gilt einem von Ihnen nicht erwähnten Spieler auf der geopolitischen Bühne. Ich spreche vom Osmanischen Reich, das sich bis auf den Balkan, Mesopotamien, in Nordafrika bis Libyen und in die Arabische Halbinsel hinein ausdehnte.«

Senior Krebs rieb sich mit drei Fingern der linken Hand übers Kinn. »Ich habe gerade überlegt, was die Schweiz in der zweiten Hälfte des vorigen Jahrhunderts an großen Vorhaben verfolgte. Unsere Ansprüche waren, einem Kleinstaat entsprechend, bescheiden. Abgesehen von repräsentativen Bauten, wie dem Bundeshaus in Bern und dem Polytechnikum in Zürich, investierten wir in Brücken, Tunnels und Trassees. 1882 fuhr der erste Dampfzug durch den Gotthard. Damit erhielt das Tessin auch im Winter eine Verbindung mit dem Rest der Eidgenossenschaft.«

»Soviel ich weiß, wurde der Tunnel mit Arbeitern aus Italien gebaut. Arbeiter, die unter schlechten Bedingungen wenig Geld verdienten, und viele haben ihren Einsatz mit dem Leben bezahlt. Auch die Schweiz hat Menschen ausgebeutet«, stellte der Brite nüchtern fest.

Der frühere Koch senkte den Kopf. »Ja, so war das wohl. Aber lassen Sie mich auf Genf zurückkommen. Ich fühlte mich dort als 23-Jähriger pudelwohl. Trotzdem reizte mich eine Weiterbildung im Ausland aus drei Gründen: das Erlebnis, in einem fremden Land zu leben, dann die internationale Erfahrung und letztlich die Unsicherheit, ob ich zur Rekrutenschule eingezogen werde. In der Schweiz gibt es seit 1848 eine allgemeine Wehrpflicht. Da bis zum Ende des 19. Jahrhunderts die Verantwortung des Wehrwesens bei den Kantonen lag und diese die Dienstpflicht unterschiedlich streng auslegten, wusste man nie, woran man war, ob und wann man ein Aufgebot erhalten würde.

So kam es, dass ich im Sommer 1887 eine Stelle im Hotel Splendide in Aix-Les-Bain annahm. Die nächste Station war Nizza. Dort arbeitete ich zwei Monate als Commis im Grande Hotel de Nice,[*] gerade neben der Place Massena. Die nächsten zwei Monate tat ich Dienst im Grand Hotel Monte Carlo[**] unter Escoffier. Ich ...«

[*] Später Grand Hotel Aston.

[**] Später Hôtel de Paris.

Der Gast fiel ihm ins Wort: »Sprechen Sie von Auguste Escoffier, der zum Ritter der Ehrenlegion erhoben wurde?«

»Ja, von dem spreche ich. Sein ›Guide Culinaire‹ machte ihn auf der ganzen Welt bekannt. Er war der Schöpfer von Speisen wie Homard à l'américaine, Filets de Sole Coquelin, Poire Belle Hélène und vielen anderen mehr. Zudem war er der Erfinder der heutigen Küchenorganisation, die für einen geregelten Ablauf der Kochprozesse sorgt. In Monte Carlo arbeitet ich als Entremetier unter ihm.«

»Verzeihen Sie, könnten Sie mir kurz die Aufgaben eines Entremetier erklären.«

»Ein Entremetier ist der Beilagenkoch einer Brigade. Nun bin ich bei meiner Erzählung im Frühsommer 1888 angekommen als ich begann, meine Arbeitsorte regelmäßig mit jeder Sommer- und Wintersaison zu wechseln.«

Emil Krebs suchte nach der vorbereiteten Grafik. Dann nahm er seine Erläuterungen wieder auf. »Der besseren Verständlichkeit halber habe ich ein Diagramm vorbereitet. Auf der vertikalen Achse sehen Sie die Orte mit den Namen der Hotels und auf der horizontalen die Zeitachse von 1888 bis 1906.«

Archibald Sharp richtete sich auf, betrachtete die Grafik im Lichte der nun züngelnden Flammen im Kamin: »Wenn ich Ihre grafische Darstellung richtig interpretiere, arbeiteten Sie ab 1888 fünfmal im Sommer in Mürren, dann zweimal in Salzburg und einmal in Interlaken. Die entsprechenden Destinationen im Winter waren dreimal Neapel, zweimal Rom und dreimal Kairo. Dieses Umherziehen muss ganz schön aufreibend gewesen sein?«

Der ehemalige Koch war um eine Antwort verlegen, dann bewegte er seinen Kopf langsam hin und her. »Ich ging mit Freude und Elan an jede Aufgabe. Davon abgesehen war ich auf eine gute Ausbildung bedacht, und da gab es nun mal keine anderen Alternativen.« Er stützte sich mit beiden Armen auf die Lehnen seines Sessels, stand auf, legte Holz nach und spann den Faden weiter.

»Wenn es Ihnen recht ist, beginne ich gleich mit Mürren, wo ich im Grandhotel Kurhaus als Premier Chef arbeitete. Das Haus, unter der Leitung der Familie Sterchi, hatte sich bei Künstlern, Politikern und Gelehrten einen guten Ruf erworben. Obgleich die Anreise über den steilen Fußweg von Stechelberg nach Mürren mühsam war, liebten die Gäste das Hotel und die Umgebung. Bei Ihrem nächsten Besuch der Schweiz sollten Sie unbedingt nach Mürren fahren. Der Blick von dort auf Eiger, Mönch und Jungfrau ist, ohne zu übertreiben, gigantisch.

Die Anreise zu Fuß oder auf dem Rücken eines Maultiers ging dann bald dem Ende zu. Bei meinem vierten Aufenthalt waren die Bauarbeiten an Steinviadukten und Geländeeinschnitten für die von Lauterbrunnen nach der Grütschalp steil hochkletternden Bahnen nicht zu übersehen, und oben auf dem

Plateau wurde zwischen Grütschalp und Mürren an einer elektrisch betriebenen Schmalspurbahn gebaut.«

Der Brite warf ein: »Elektrizität zu jener Zeit? Das nenn ich fortschrittlich! Dann nehme ich an, dass die Seilbahn auch auf diesem Prinzip beruhte?«

»Nein, dem war nicht so. Es handelte sich um eine Standseilbahn mit Wasserballast.«

Der Fragende machte wieder große Augen, worauf Emil Krebs ausholte. »Zwei Kabinen waren mit einem Seil über ein großes Rad in der Bergstation verbunden. Beide Wagen hatten einen großen Tank, der in der Bergstation mit Wasser gefüllt und im Tal wieder entleert wurde. Mit anderen Worten, die mit Wasser gefüllte Bahn zog die andere hoch.

Beide Projekte waren bei der Bevölkerung sehr umstritten. Nachträglich bauten die Besitzer des Kurhauses vom Bahnhof in Mürren bis zum Hotel zusätzlich eine Pferdebahn. Der Personen- und der Güterwagen standen vorher bei der Weltausstellung in Paris im Einsatz.

Als ich 1892 zu meinem fünften und letzten Einsatz nach Mürren reiste, erhielt ich die Nachricht vom Tod meiner Mutter. Dieser kam nicht überraschend. Im Verlauf des Winters hatte sie dahingekränkelt und war immer schwächer geworden, bis sie am 31. Mai, kurz nach ihrem 66. Geburtstag starb. Ich reiste nach Tschugg, um von ihr Abschied zu nehmen. Nur wenige Personen kamen zur Trauerfeier, insbesondere fiel das Fernbleiben meines Bruders Adolf auf.«

Der ehemalige Koch hielt inne, griff gedankenverloren nach dem auf dem Tisch liegenden Diagramm und umrundete mit einem stumpfen Bleistift die Balken unter 1888 bis '91 auf der mit Neapel angeschriebenen Horizontalen. »Drei Wintersaisons arbeitete ich als Entremetier im Grand Hotel Nobile in Neapel. Der Betrieb gehörte dem Luzerner Alfred Hauser, ein Mitbesitzer des Kurhauses Mürren.

Kaum in Neapel angekommen, wollte ich den Vesuv besteigen. Da dieser sich seit dem großen Ausbruch von 1872 ruhig verhielt, war ein Aufstieg möglich. Der nächtliche Aufenthalt am Kraterrand war ein Spektakel, viel eindrücklicher als unser jährliches Feuerwerk im Seebecken. Aber lesen Sie dazu meine damals verfasste Postkarte selbst.«

87

Der Gast nahm die mit einer Fotografie des Vulkans versehene, ausgebleichte Ansichtskarte und las auf der Rückseite:

Bei prachtvollem Mondschein auf dem Vesuv am 22. Okt. 1888. Abends 9 Uhr Abfahrt vom Grand Hotel in Neapel. Wagenfahrt bis zum Observatorium. Von da zu Fuß zirka 20 Minuten bis zur Bahnstation von Coock's und Sohn (Drahtseilbahn). Mühevoller Aufstieg durch Lava und Asche, manchmal bis zum Knie. Oben am (untern) Bahnhof, auf dem Bahnkörper und Drahtseil herauf. Am oberen Bahnhof, wegen Schwefelgeruch die Nase und Mund zugebunden. Früh 1 Uhr am Krater. Wunderbares Naturschauspiel. Glühende Lava, große und kleine Klumpen, stoßweise über 100 Meter hochgeschleudert. Die Kupfermünze, im glühenden Zustand mit dem Spazierstock in die Lava eingedrückt (selbst gemacht). Mit dem Führer bis dicht an den Krater. Gegen 2 Uhr zurück. Unten am Observatorium in einer Osteria ein Glas kräftiger Wein aus den berühmten Weinbergen Lacrima Christi (Tränen Christus). Gegen 6 Uhr früh wieder in Neapel im Grand Hotel.

Emil Krebs hing mit geschlossenen Augen seinen Erinnerungen nach. Archibald Sharp wartete geduldig ab, bis sich sein Gastgeber mit einem feinen Räuspern wieder aufsetzte und mit einem Augenzwinkern bemerkte: »Der obere Teil der Bergbahn führte durch junges Lavagestein. Von ferne betrachtet sah es aus, als ob ein Riese die Lava mit einem lang ragenden Speer geritzt hätte. Die nächste große Eruption geschah 1906. Die Ursache«, der Herr des Hauses machte eine Pause und konnte sich das Lachen nicht verkneifen, »war vermutlich ein schwerer Felsbrocken, den der Riese, um Schiffe zum Kentern zu bringen, für gewöhnlich ins Meer schleuderte, dann aber, da vom Gewicht überfordert, vor seine Füße fallen ließ. Spaß beiseite, mir wurde berichtet, dass die Trassees durch die ausgeschleuderten Gesteine zerstört wurden und die Bahnen danach zurückgebaut wurden.«

Archibald Sharp ließ seine Arme von der Lehne fallen. »Leider habe ich Neapel nie besucht, obgleich mich Bacons und Goethes Beschreibungen des Feuer speienden Vesuvs sehr wohl beeindruckt haben.«

Der Senior setzte seinen Bericht fort: »Die folgenden zwei Wintersaisons arbeitete ich in Rom im Hotel Quirinale in der Nähe der Piazza Republica. Mein Tätigkeitsbereich war die eines Entremetiers, aber zusätzlich konnte ich die Aufgaben des Garde Mangers übernehmen.

Nach dem vor Lebensfreude sprühenden Neapel empfand ich Rom als gemächlich, ja fast leidenschaftslos.

Der Höhepunkt der Saison war die Weihnachtszeit. Wir schmückten das Vestibül mit einem stattlichen Tannenbaum und echten Holzhütten. Mithilfe von viel Watte verwandelte sich der Raum in ein verschneites Dorf. Unser Zuckerbäcker, Heinrich Hölz, fertigte aus geschmolzener Raffinade Schwäne, Schiffchen, Blumen und vieles andere mehr und präsentierte die Kunstwerke in der Winterlandschaft.

Am Weihnachtsabend sangen die päpstlichen Eunuchen mit dem berühmten Alessandro Moreschi, dem letzten Kastraten, im Chor der Sixtinischen Kapelle. Ganz Rom war von seiner reinen, klaren Stimme begeistert. An jenem Abend verließ ich kurz die Küche, um mir einen eigenen Eindruck zu verschaffen. Auch wenn ich von Gesang herzlich wenig verstehe, berührte mich sein Vortrag zutiefst.«

»Emil, ich war der Überzeugung, dass die Kirche die Kastration lange vorher verboten hatte.«

»Das ist richtig, aber die Umsetzung dieses Dekretes hatte sich offensichtlich verzögert.«

Der Patron blätterte in seinem Album, bis er die Karte vom 23. April 1892 gefunden hatte. »Und hier habe ich die Menükarte des Diner musicale, an dem die Kapelle der Banda municipale di Roma unter der Leitung von Alessandro Vesella aufspielte. Die Speisen sind mit sehr kleiner Schrift notiert. Archie, können Sie mir bitte helfen?«

Dieser überflog die Zeilen der Speisenfolge, bis er zur Weinkarte kam. »Die teuersten Rotweine, lese ich, waren die Bordeaux. Eine Flasche Château Margaux oder Lafitte kostete 20 Lira. Die Weine aus dem Burgund waren billiger. Hier ein Volnay für 7 und da ein Chambertin für 11 Lira.«

Der Senior nickte, und Archibald fragte. »Was war dazumal der Wert der Lira? Auf der Karte finde ich keinen Preis für das Menü. Erinnern Sie sich, was Sie damals mit 10 Lira kaufen konnten?«

Emil Krebs schüttelte den Kopf. »Nein, aber ich werde morgen meine Tochter zur Stadtbibliothek schicken, um den Vergleichswert der Lira zu erfahren. Noch besser, ich schicke meinen Sohn Arno. Einem bekannten Politiker werden die Bibliothekare sicher behilflich sein.«

Dann blätterte er eine weitere Seite um. »Diese kleine Menükarte vom 24. Januar 1893 ist zwar unansehnlich, da von einer Matrize abgezogen. Trotz alledem ist dies für mich ein sehr wertvolles Dokument. Ich hatte die Ehre, für Sarah Bernhardt zu kochen. Nachdem der Hauptgang serviert worden war, ging ich in den Speisesaal und erkundigte mich bei den Herrschaften, ob die Gerichte gemundet hätten. Frau Bernhardt bedankte sich freundlich und setzte, zu meiner großen Überraschung, ihre Unterschrift mit einem ausufernden Schlenker auf die Speisekarte. Sie wissen, wer Sarah Bernhardt war?«

»Das war eine Darstellerin. Habe ich recht?«

»Richtig, eine französische Schauspielerin, die auf den größten Bühnen Europas und in Amerika große Erfolge feierte. Während des Deutsch-Französischen Kriegs setzte sie ihre Karriere aus, um verwundete Soldaten zu pflegen. Ich bin mir nicht sicher, vermute aber, dass sie auch in die Ehrenlegion berufen wurde.

Im Quirinale logierten eh viele Künstler, da das Hotel und das Teatro dell'Opera räumlich über einen Garten verbunden waren. Als Giuseppe Verdi im Februar 1893 zur Römer Premiere seines ›Falstaffs‹ anreiste, sammelten sich vor dem Hotel viele Bewunderer, die ihn, als er auf den Balkon trat, mit Hochrufen begrüßten. Spätabends, ich kam gerade aus der Küche, traf ich in der Empfangshalle auf Herr und Frau Verdi, die in dem verwinkelten Gebäude den Weg zu ihren Zimmern suchten. Ich war ihnen behilflich, worauf der große Maestro sich mit den

Worten: ›Vous êtes trés gentil et trés aimable. Je vous remercie beaucoup!‹ bedankte.«

Der Gast summte versonnen die Melodie des Gefangenenchors aus ›Nabucco‹ vor sich hin, indes der Senior in seinem Reisealbum blätternd, in die Melodie mit den Worten: »Va, pensiero, sull'ali dorate ...«, einstimmte, dann das Bild des Petersdoms fand, auf die Kuppel zeigte und sagte: »Die habe ich zweimal bestiegen.«

Der Gast nahm die kolorierte, arg verschossene Fotografie: »Was mir auffällt, ist der leere Petersplatz. Keine Menschenseele weit und breit. Das wäre heutzutage ganz und gar unmöglich.«

Emil Krebs hatte vom vielen Sprechen einen trockenen Mund, trank darum einige Schlucke Tee und umrahmte danach auf dem Diagramm die zwei Balken in der Kolonne von 1893 und '94.

»Nun komme ich zu Salzburg. Dort arbeitete ich zweimal im Sommer im Hôtel de l'Europe als Garde Manger. Das Haus zählte in der k.u.k. Monarchie zu den berühmtesten seiner Art. Das im Belle-Époque-Stil erbaute Gebäude lag gegenüber dem neu erbauten Bahnhof. Leider überlebte das Haus den Zweiten Weltkrieg nicht, da es von den Amerikanern, als Abstrafung der Nazis, die dieses als Hauptquartier nutzten, ausgebombt wurde.«

In diesem Moment trat ein italienisch sprechendes Ehepaar gestikulierend in den Salon ein. Als sie die beiden Herren sahen, verstummten sie und wollten sich wieder zurückziehen. Der Hotelier richtete sich auf und fragte auf Italienisch: »Kann ich Ihnen behilflich sein?« Der Mann erwiderte: »Nein, nein, kein Problem. Wir wollten zum Abendessen gehen, stellten dann fest, dass wir zu früh aus dem Zimmer gekommen sind. Entschuldigen Sie die Störung.«

»Sie stören nicht, setzen Sie sich ruhig. Auf dem Tischchen neben dem Radio liegt eine italienische Zeitschrift, falls Sie mögen.«

Emil Krebs räusperte sich, fasste den Vorgang für den Briten kurz zusammen und sagte: »Wo war ich stehengeblieben? Ach ja, im Spätsommer meiner zweiten Saison in der Stadt, wo Mozart zur Welt kam, kurz vor der Abreise nach Kairo, unternahm ich einen Ausflug an den Königssee im grenznahen Bayern. Auf einer Barke mit einem hinten stehenden Bootsmann glitt ich um bewaldete, teils nackte Felsnasen. Als sich der Blick auf den ganzen See öffnete und ich die steilen, zum See abfallenden Bergflanken erblickte, fühlte ich mich wie im Berner Oberland. Da überkam mich die Sehnsucht nach der Heimat, und ich beschloss, der Einladung des Direktors des Hotel Beau Site in Interlaken, der mich für die folgende Sommersaison als Chef Cuisinier verpflichten wollte, zu folgen.

Derweil der Ruderschlag des Bootsmannes eine lang gestreckte Abfolge von Wirbeln im stillen Wasser hinterließ, wurde ich durch das gleichmäßige Geräusch des Eintauchens und Aushebens des Ruders eingelullt. Ich verharrte in diesem Zustand, bis ein Böllerschuss, ein an den Felswänden mehrmals widerhallender, vermutlich zu Ehren einer Hochzeitsgesellschaft abgefeuerter Salut, mich unvermittelt in die Wirklichkeit zurückholte.«

»Als Sie soeben die Hochzeitsgesellschaft erwähnten, ist mir bewusst geworden, dass Sie bis jetzt nie über Ihre Ehefrau gesprochen haben«, bemerkte der Engländer wohlwollend.

Für den Bruchteil einer Sekunde zögerte Emil Krebs seine Antwort hinaus, dann erwiderte er: »Meine Minna liegt seit zwei Jahren im Friedental, so heißt der Friedhof hier in Luzern. Wir hatten uns 1896 in Dresden kennengelernt. Darüber können wir gerne ein andermal sprechen.«

Mit einem Blick auf seine Uhr kommentierte der Brite: »In Anbetracht der fortgeschrittenen Zeit sollte ich ohne Verzögerung zum Abendessen schreiten. Ihre Tochter hatte mich informiert, dass wir morgen einen sonnigen Tag erwarten dürfen. Ich freue mich auf die Schifffahrt. Sollen wir uns dann wieder um 17 Uhr treffen?«

Der Senior reckte sich und nickte. Beim Verlassen des Raums zögerte er kurz, dann untersuchte er die scheppernde Türe. Beim Empfang bat er die Praktikantin, den Tischler zu benachrichtigen, dass die Scheiben der Salontüre neu verkittet werden müssen.

Luzern, Donnerstag,
28. September 1950
Nach Auflösung der
Morgennebel heiteres
Wetter; Luft (12:30)
13°C

Hilde Krebs stellte für die abreisenden Gäste Rechnungen aus, als ihre Schwester ins Büro trat. Sie blickte auf und sagte: »Nun hat sich die Sonne auch in der Schweiz saphirblau verfärbt, genauso wie vor ein paar Tagen in den USA und England.«

»Na, so was! Woher hast du diese Information?«, fragte Wally Souvoroff.

»Steht heute im ›Vaterland‹. Die Zeitung zitiert Meteorologen, die die Ursache bei perlmutterartigen Wolken oder bei einer Verschmutzung der Luft mit Schwefel vermuten«, sie rümpfte Stirn und Nase, als ob ein stechender Schwefelgeruch in der Luft läge.

Wallys Blick fiel in der auf dem Schreibtisch offen daliegenden Zeitung auf ein Inserat für Chesterfield-Zigaretten. Sie zeigte auf die Annonce und sagte zu ihrer Schwester: »Ich sehe vor meinem geistigen Auge unseren Bruder Arno, der eine glimmende Kippe zwischen den Fingern hält, von der ein blauer Rauchfaden gekräuselt hochsteigt. Siehst du, wie die geschmeidigen Frauenhände das Päckchen und im übertragenen Sinn den Raucher umgarnen«, und mit einem Lächeln, »was durchwegs den Vorstellungen unseres Bruders entspricht.«

»Ich möchte gerne wissen, wie viel unser Bruder täglich für Zigaretten ausgibt?«, Hilde Krebs musterte ihre Schwester.

»Er raucht über ein Päckchen am Tag. In der Schweiz hergestellte Zigaretten kosten 90 Rappen das Päckchen. Die Chesterfield werden aus Amerika importiert. Ist also gut möglich, dass er pro Tag 99 Rappen oder gar einen Franken ausgibt.«

In diesem Moment trat Vater Krebs aus dem Fahrstuhl, ging zur Rezeption und fragte durch die offene Türe, ob jemand ihm die Neuigkeiten des Tages vermitteln könne.

Tochter Hilde wand ihren Blick dem Vater zu, erwähnte das Phänomen der blauen Sonne und fuhr fort: »Die ›Neue Zürcher Zeitung‹, als auch das ›Vaterland‹ berichten, dass sich zwei Drittel der südkoreanischen Hauptstadt wieder in der Hand der Alliierten und die nordkoreanischen Truppen in einem Zustand der Auflösung befinden. Im Weiteren ist mir ein Artikel mit dem Titel ›Terrorjustiz in der deutschen Sowjetzone‹ ins Auge gesprungen. Offensichtlich sind drei Betrunkene in Ost-Berlin in ein Lokal der Nationalen Front eingestiegen, haben Bilder der Herren Pieck und Grotewohl beschädigt und Schmählieder auf die Regierung der Deutschen Demokratischen Republik gesungen. Ein Gericht in Plauen hat die Störenfriede nun zu 10 bis 15 Jahren Zuchthaus verurteilt.

Und ... ah ja, in Wien haben 1200000 Kommunisten vor dem Regierungsgebäude gegen das neue Lohn- und Preisabkommen demonstriert. Die vorgegebenen Preiserhöhungen von 30 Prozent für Grundnahrungsmittel und Energie gegenüber Lohnerhöhungen von nur 15 Prozent seien von den USA mit dem Ziel diktiert worden, damit den Koreakrieg zu finanzieren. Über der Meldung heißt es ›Roter Terror in Österreich‹.«

Der Senior kommentierte: »Für eine solche Aktion habe ich ein gewisses Verständnis, aber die Schlussfolgerung bezüglich der Einflussnahme der Amerikaner ist schlicht abstrus.«

»Abschließend«, setzte die Tochter des Hauses ihren Bericht fort, »war da noch etwas mit einem englischen Fischerboot, das von der sowjetischen Marine im Weißen Meer aufgebracht und anschließend gegen die Bezahlung einer Buße wieder freigelassen wurde.«

17:00 | 5. Teegespräch

Emil Krebs kam aus dem Büro und traf in der Ein-
gangshalle auf einen beschwingten, in einen roten
Pullover ohne Krawatte gekleideten Archibald Sharp.

»Ich bin ganz außer mir vor Freude. Kommen
Sie, wir gehen in den Salon. Was für ein Erlebnis, auf
dem See bis zur Flussmündung zu fahren und sich
am Ende in einem Fjord zu finden. Nach dem Able-
gen in Luzern musste der Kapitän regelmäßig das
Nebelhorn ziehen, bis sich die Sonnenstrahlen allmählich durch die trübe Decke bohrten und die
Landschaft samtig erscheinen ließen.«

Der Hotelier fiel seinem Gast ins Wort: »Finden
Sie auch, dass das Licht im Herbst eine andere Qualität besitzt, anders strahlt, wobei mir eine Beschreibung schwerfällt.«

»Möglicherweise strahlt das Licht, infolge des tiefen Sonnenstandes, mit verminderter blauer Farbe, und die Reflexion von den Bergen erscheint darum weicher, zart wie Samt. Sei es, wie es sei. Lassen Sie mich auf die Schifffahrt zurückkommen. Natürlich kenne ich Schillers ›Wilhelm Tell‹. Dass wir dann an einem Ort mit dem Namen Tellsplatte anlegten, war für mich gleichwohl überraschend. Speziell als mir bewusst wurde, dass der Held sich an diesem Ort mit einem Sprung vom Boot seinen Häschern entledigte.«

Die beiden erreichten den Salon, schenkten ihre Tassen mit Tee voll und nahmen Platz, wobei der Gast weitersprach. »Das Essen auf der Rückfahrt war, wie von Ihnen angekündigt, fabelhaft. Zuvor bestellte ich einen Sherry Cobbler und brachte damit das Personal in arge Bedrängnis. Ich wollte behilflich sein und fragte, ob sie Sherry und etwas Früchte, Ananas oder Beeren, an Bord hätten. Dies wurde bejaht. Darauf erklärte ich, dass dem Sherry etwas Zucker zugesetzt werden sollte, die Früchte klein geschnitten dazukämen und das Glas zuletzt mit Eis aufgefüllt werde. Zu spät bemerkte ich, dass Eis nicht gleich Eis ist. Mein Cobbler kam mit Eiswürfeln. Wie Sie sicher wissen, bereiten wir diesen Drink mit zerstoßenem Eis, in meiner Sprache *crushed ice,* zu.«

Der ehemalige Küchenchef fühlte sich nach Kairo zurückversetzt. »Ja, unsere Gäste im Shepheard's wünschten als Aperitif oder zu den Speisen oft einen

Sherry Cobbler. Dieser Drink war damals in Mode. Allerdings waren unsere Eisvorräte beschränkt und ohne Eis ...«

»... kein Cobbler«, beendete der Gast den Satz. Er tippte mit den Fingern der linken Hand mehrmals auf seine vollen Lippen. Er sprach langsam, da seine Gedanken noch woanders weilten. »In Bombay haben wir diesen Drink oft bestellt. Bei dem warmen, feuchten Klima war das eine echte Erfrischung. Nun frage ich mich, woher das Eis kam? Wir nahmen dessen Vorhandensein unbedacht als selbstverständlich. Ob das gefrorene Wasser vielleicht aus dem Himalaya kam?«

»Ich erinnere mich an einen älteren amerikanischen Gast aus Neuengland, der mir erzählte, er habe sein Vermögen im *Ice Trade* erwirtschaftet. Er erwähnte Eisschiffe, die die ganze Ostküste der Vereinten Staaten mit Eis bedienten, aber das gefrorene Nass auch über den Atlantik bis nach Indien auslieferten.

Das Eis in Kairo kam aus Norwegen. Wenn die Schiffe mangelhaft isoliert oder die Barren schlecht mit Stroh umwickelt worden waren, erreichten uns die Blöcke in teilweise abgeschmolzenem Zustand, für Küche und Ausschank eine Katastrophe! In der Küche kühlten wir, falls kein Eis an Lager war, die Gefäße mit einer Wasser-Chilesalpeter-Mischung. Das machte wir sehr ungern, da dieses Salz giftig ist und darum beim Hantieren damit höchste Vorsicht geboten war.«

»Woher kommt denn das Eis in Luzern?«, fragte der Brite.

Emil Krebs machte mit seiner rechten Hand eine kreisende Bewegung. »Sie meinen früher, als es noch kein Kunsteis gab?« Der Gast nickte, während sein Gegenüber bereits wieder sprach: »Dieses kam von den zugefrorenen Seen. Sobald im Winter die Decke tragfähig war, ungefähr bei einer Dicke von 20 Zentimetern, begannen die Eismänner Blöcke zu sägen, diese zu ernten und in Eiskellern zu lagern. Das Geschäft der Lagerung und Lieferung wurde sehr bald von den Bierbrauern übernommen, da diese einen großen Bedarf an Eis für die Regulierung der Temperatur beim Gärprozess haben. Jede Woche lieferten uns zwei in braune Ledermäntel gekleidete Männer mit einem von zwei Pferden gezogenen Wagen Eisblöcke, später Eisbarren. Ein Mann zog das Eis mit einer Spitzhacke vom Wagen auf die Schulter des anderen, der dieses in den Keller trug. Die Eisstangen wogen um die 40 Kilogramm.

Unser hölzerner, mit Kork isolierter und sprödem Zinkblech ausgelegter Eisschrank steht immer noch unten im Keller. Bei großen Anlässen befüllen wir ihn mit einer Stange Eis und schaffen so zusätzlichen Kühlraum. Ansonsten reicht uns die Kapazität des vor wenigen Jahren gekauften Frigidaires voll und ganz.«

Der Hotelier schlug ein Bein über das andere und nahm einen Schluck Tee. Dann lehnte er sich zurück und richtete seinen Blick auf den Gast. »Heute liefert die Brauerei nur noch Bier und Mineralwasser, aber immer noch mit einem Pferdewagen. Ich liebe die massigen Brauereipferde mit ihren buschigen Schweifen und den vollen Mähnen, und ich habe eine Schwäche für ihren säuerlichen, selten stechenden Geruch. Bis unlängst habe ich den Tieren jeweils ein Stück altes Brot verfüttert.

Wir haben hier im Hinterhof auch eine Stallung. Es sind die Pferde der Eisenhandlung, gehen Sie mal hin. Die Pferde lieben Würfelzucker. Aber Vorsicht, um ein Beißen zu verhindern, müssen Sie den Zucker immer mit der offenen Hand hinreichen.«

In diesem Moment streckte Hilde Krebs ihren Kopf durch die Türe und erkundigte sich, ob noch genügend Tee in der Kanne und ob dieser noch warm sei.

»Das ist sehr aufmerksam von dir«, lobte ihr Vater, »ja, wir trinken gerne noch eine Tasse frischen, heißen Tee«, er richtete seinen Blick auf den Gast: »Von heiß zu kalt. In Luzern kam das Eis vom Rot- und Lauerzersee. Ersterer liegt ganz nah bei der Stadt. Auf der Schattenseite des Sees befindet sich hinter einem Holzhaus der Eingang zu der seit vielen Jahren unbenutzten Eishöhle. Auf dem Lauerzersee, so habe ich in der Zeitung gelesen, wurde noch im letzten Winter Eis geerntet.«

Der Brite wollte wissen, ob die Winterkälte für die Eisbildung jedes Jahr ausreiche.

Der Gastgeber nickte. »Normalerweise ja. Und bei einem Eismangel konnten die Brauereien auf den Lac de Joux im Jura zurückgreifen. Dort werden die kältesten Temperaturen gemessen. Im Volksmund sprechen wir darum vom Sibirien der Schweiz.«

Der Senior hielt unvermittelt inne, da er sich in Gedanken bereits auf den Weg in Richtung österreichisch-ungarischer Monarchie gemacht hatte. Nach einer Pause begann er erneut zu sprechen. »In Salzburg wurde das Eis für den lokalen Bedarf, aber auch für den Transport nach Wien aus dem seichten Wallersee gewonnen. Gegen Frühjahr verlagerte sich die Gewinnung auf höher gelegene Seen oder gar Gletschereis. Das Eis wurde mit Fuhrwerken nach Salzburg und von dort mit der Westbahn nach Wien transportiert. Als ich im Monat Mai in Salzburg ankam, hörte ich nachts noch das Beladen und Rangieren der Eiswaggons. Im Moment, in dem der Zug zusammengestellt war, zeigte die Dampflok mit einem Pfeifen die Bereitschaft zur Abfahrt an. Alsbald begann sich der Zug in Bewegung zu setzen, und das Geräusch des Ruckelns und Zuckelns der Wagen verlor sich in der Nacht.«

Der Gast blickte versonnen in die Glut. Als der Gesprächspartner dies bemerkte, erhob er sich und legte drei Scheite darauf. Nach einem kurzen Moment züngelten bereits die ersten kleinen Flammen hoch, dann nahm er die Erzählung wieder auf. »Ab Mitte der 1930er-Jahre wurde auf dem Markt genormtes Kunsteis angeboten. Da dieses teurer als Natureis war, blieben die Umsätze vorerst tief. Mit immer billigeren Gestehungskosten änderte sich die Situation, und das Natureis wurde peu à peu verdrängt. Lange, aber zunehmend erfolglos wurde argumentiert, dass das Natureis von besserer Qualität, kompakter und kälter sei, was aber nie bewiesen werden konnte und ich nicht für bare Münze nahm.«

Emil Krebs wandte sich seinem Gast zu. »Nun möchte ich von Ihnen gerne etwas über Ihren Aufenthalt in Flüelen hören. Haben Sie die Kirche besucht?«

»Ja, natürlich.«

»Was halten Sie von der Malerei meines Bruders?«

»Kaum aus dem Zug ausgestiegen, sah ich die kalkweiß gestrichene Kirche oben auf dem felsigen Hügel. Ich schritt an der Trambahn, die Reisende Richtung Altdorf bringt, vorbei, um den Weg zur Kirche zu finden. Dann erklomm ich eine steile Treppe und oben angekommen, gab ich mir zunächst einmal Zeit, die Sicht auf den See und die steil aufragenden Berge zu bestaunen.

Den Innenraum der Kirche empfand ich nach der Helligkeit draußen als sehr düster. Die Apsis war deutlich heller und die durch das kleine Chorfenster eindringenden Sonnenstrahlen beleuchteten gerade die auf mich herunterschauende Jesus-Gestalt.

Alles sehr farbig, sehr goldig. Verzeihen Sie mir die Bemerkung, ich empfinde die Malerei als kitschig.«

Emil presste seine Lippen zusammen. »Interessant! Meine Frau Minna hätte die gleichen Worte gewählt. Sie konnte sich mit der Malerei der Beuron'schen Schule nie anfreunden.«

»Sie haben mir erzählt, dass Sie Ihre Frau in Dresden kennengelernt haben. Wie kam es denn dazu?«

Emil erhob sich, um aus der soeben hereingebrachten Kanne heißen Tee nachzugießen. Dann schaute er aus dem Fenster auf die Straße, wo vor dem Eingang gerade ein Volkswagen, ein Käfer, hielt, ansonsten war die Straße leer. Dann setzte er sich und antwortete: »Nach meiner dritten Saison in Kairo kehrte ich in die Schweiz zurück. Ich war fast 32 Jahre alt und verspürte den Wunsch nach einem sesshaften Leben. Zuhause in Tschugg angekommen, schrieb ich einen Brief an das Rheinische-Placierungs-Bureau für Hotel und Restaurants in Köln, und innert zwei Wochen erhielt ich ein Telegramm mit der Nachricht, dass das Hotel Albertshof in Dresden einen Küchenmeister suche. Die Offerte war ansprechend, und wir wurden uns schnell einig. Der Besitzer, ein Herr Gapp, zeigte sich äußerst ungeduldig und sandte bereits wenige Tage nach Vertragsunterzeichnung ein Telegramm an das Büro mit dem Inhalt: *wenn krebs nüchtern und anständig soll sofort abreisen.*

Das habe ich dann auch gemacht. Mein erster Eindruck von Dresden war in jeder Beziehung positiv. Ich traf in der Küche willige und fähige Mitarbeiter. Der Besitzer vertraute mir, ließ mir alle Freiheiten, und meine Gespräche mit den Lieferanten waren sehr konstruktiv. Das Sächsische mit der näselnden Aussprache empfand ich zu Beginn als gewöhnungsbedürftig. Im Gegenzug muss ich gestehen, dass die Dresdner mein mit Berner Dialekt gefärbtes Deutsch oft nicht verstanden.« Er rieb sich die Augen. »Bei der Arbeit im Hotel bemühte ich mich natürlich, ein sauberes Deutsch zu sprechen.

Der Albertshof war ein neu erstelltes Hotel, hatte ein Schwimmbad, einen Fahrstuhl, elektrische Beleuchtung, und fast alle 80 Zimmer hatten eigene Badestuben. Mit anderen Worten, für die damalige Zeit sprechen wir von einem exklusiven Haus. Dementsprechend wurde der große Ballsaal rege für Anlässe benutzt, was für die Küche stets eine Herausforderung und eine willkommene Abwechslung war.

Bei solchen Festlichkeiten fuhr jeweils ein Fiaker nach dem anderen vor dem Haupteingang vor. Noch heute sehe ich in meiner Erinnerung, wie die Damen in bodenlangen, meist in dunklen Farben gehaltenen Röcken und die Männer in Frack aus den Droschken stiegen, die Herren ihre Zylinder aufsetzten, die Damen sich einhakten, und die Paare beschaulich die wenigen Schritte der breiten Freitreppe zum Eingang hochstiegen.«

Der Brite hatte in jungen Jahren die Stadt an der Elbe besucht und fragte darum nach: »Wo genau lag dieses Hotel?«

»Der Albertshof befand sich am Bismarck-Platz. Die Anschrift lautete zwar Sedan-Straße, weil diese dort endete und ein Teil des Platzes war. Die anderen Abgrenzungen bestanden aus dem Hauptgebäude der Technischen Hochschule und einer fünfstöckigen Blockrandbebauung der Reichs-Straße. Der Platz war reich mit Bäumen und Grün im englischen Stil gestaltet.«

»Und jetzt müssen Sie mir noch erklären, wo ich diesen von Ihnen so lieblich beschriebenen Ort suchen müsste?«

»Wissen Sie wo der Hauptbahnhof liegt?« Der Engländer nickte bejahend. »Der Bismarck-Platz liegt gerade auf der anderen Seite der Gleise des damals neu erbauten Bahnhofsgebäudes, das noch nicht Haupt-, sondern Böhmischer Bahnhof hieß.«

»Danke, jetzt kann ich mir die Situation gut vorstellen. Aber ich habe Sie unterbrochen.«

Im Salon breitete sich eine angenehme, fast friedliche Ruhe aus. Der Herr des Hauses machte zusätzliche Lichter an und fuhr dann fort.»Ich hatte vorher vergessen zu erwähnen, dass das Hotel am Rande des Amerikanischen Viertels lag.«

Der Brite wunderte sich, wo der Name Amerikanisches Viertel herkomme.

»Ich vermute von der Tatsache, dass die Straßen alle rechtwinklig angelegt waren, etliche Ausländer dort wohnten und die Gegend als gutes Wohnquartier galt.

Dieses wurde durch die Lindenaustraße erschlossen. In der Nummer 20, einem vierstöckigen Wohnhaus mit einer breiten Durchfahrt zum Hinterhof, befand sich auf der rechten Seite eine Fischhandlung und links das Wild- und Geflügelgeschäft des Herrn Mirtschin.

Von Beginn an bestand ich darauf, die Einkäufe an dieser Adresse selber zu tätigen. Die Küchenmitarbeiter begannen hinter vorgehaltener Hand zu witzeln, dass der Chef sich nicht nur für Eier, Gänse und Fische interessiere, sondern auch für die hübschen Töchter des Herrn Mirtschin. Ich hatte tatsächlich ein Auge auf die im Geschäft bedienenden zwei Frauen geworfen, und an einem sonnigen Julitag nahm ich allen Mut zusammen und fragte, ob ich sie zu nachmittäglichem Kuchen und Kaffee einladen dürfe.«

In diesem Moment öffnete sich die Türe und ein bauchiger, in einen dunklen Zweireiher mit weißem Hemd und Krawatte gekleideter Mann mit welligem, meliertem Haar trat in den Raum.

Emil nickte. »Das ist mein Sohn Arno«, und zu diesem: »Darf ich dir Herr Archibald Sharp vorstellen. Du kommst sicher, um uns über deinen Besuch der Stadtbibliothek zu informieren. Setz dich zu uns.«

Es erwies sich, dass sich Archibald Sharp und Arno Krebs vor zwei Tagen im Vorübergehen bereits bekannt gemacht hatten. Nachdem die drei Herren sich hingesetzt hatten, öffnete der Sohn sein metallenes Zigarettenetui, entnahm diesem eine Zigarette, klopfte sie zweimal heftig auf den Behälter und entzündete sie mit der Flamme eines silbernen Feuerzeugs. Er inhalierte den ersten Zug tief und ließ den nun nicht mehr blau gefärbten Rauch aus Mund und Nase strömen.

Arno artikulierte deutlich, aber wie bei Männern mit vollem, fleischigem Gesicht üblich, stieß seine Zunge leicht an. Besonders ausgeprägt war dieses Fast-Lispeln, wenn er sich in einem ungewohnten Umfeld bewegte.

»Die Angestellten in der Bibliothek waren beflissen, mir zu helfen. Allerdings konnten wir keine Wechselkurse der Zeit vor der Jahrhundertwende finden.«

Er nahm seine metallene Lesebrille aus der Brusttasche und warf einen Blick auf seine Notizen. »Was wir fanden, war der Silbergehalt einer sich damals im Umlauf befindenden Münze. Die 50-Centesimi-Münze mit dem Kopfbild von Umberto I., die von 1889 bis 1892 geprägt wurde, weist einen Nettogehalt von 2,09 Gramm Feinsilber auf. Umgerechnet heißt das, dass 10 Lira in der Form von 20 Münzen 42 Gramm Silber entsprachen.«

Archibald Sharp lehnte sich leicht vor. »Das heißt, für eine Flasche Château Lafitte musste ein Gast im Hotel Quirinale 84 Gramm Silber, fast einen 100-Gramm-Barren auf den Tisch legen. Bei uns würde man sagen, people spent their money as if it's going out of fashion.«

Vater Krebs war neugierig zu erfahren, warum diese Münze nur drei Jahre gepresst wurde: »Litt Italien unter einer Inflation?«

Darauf antwortete sein Sohn: »Der Grund für die kurze Umlaufdauer dieser Münze war der Tod König Umbertos I. Er wurde am 29. Juli 1900 in Monza in einer Droschke von einem Anarchisten niedergestreckt, und ich vermute, dass die Münze nach einer gebührenden Trauerzeit durch eine neue mit dem Abbild seines Nachfolgers ersetzt wurde.«

Arno Krebs wurde mit Dank entlassen. Der Brite erhob sich und betrachtete das große Osterbild von nah: »Dieses Bild müsste restauriert werden. An verschiedenen Stellen ist der Firnis abgeblättert. Aber das nur nebenbei bemerkt. Nun bin ich gespannt zu hören, wie Minna und Sie sich nähergekommen sind.«

»Ich weiß nicht, wo ich ... Ja, ich hatte die beiden Schwestern zu Kaffee und Kuchen eingeladen. Viel später hat mir Minna erzählt, dass sich bei ihnen zu Hause eine lange Diskussion entsponnen hatte. Die Eltern empfanden mich, den Küchenmeister des Albertshofs, als forsch, aber offenkundig nicht als zu forsch, denn einem Treffen waren sie nicht abgeneigt. Freilich unter der Bedingung, dass die langjährige Haushaltshilfe Anna die Töchter als Anstandsdame begleite. Bei einem meiner nächsten Besuche im Geschäft erhielt ich einen positiven Bescheid, und wir vereinbarten einen Termin.«

Ein Lächeln huschte über sein Gesicht. Er setzte sich aufrecht hin, trank die halb volle Teetasse leer und nahm den Faden wieder auf. »Als ich dann die drei Frauen abholte, war ich sehr nervös. Wir spazierten über die Bahngleise zum Wiener Platz und weiter in den Großen Garten zum Café am Carola-See. Wie das so ist, spricht man zuerst über unverfängliche Sachen. Bei der Bahnschranke mussten wir warten, und ich wurde gefragt, ob ich bereits größere Reisen unternommen hätte.

Am See erfuhr ich, dass die Ältere Minna heißt und vor vier Tagen ihren 22. Geburtstag gefeiert habe. Die um vier Jahre jünger Ida war sehr redselig und berichtete, dass sie noch weitere Geschwister hätten, den älteren Bruder Alfred, die ältere Schwester Frieda und die dreijährige Elsa, eine von allen arg verwöhnte Nachzüglerin. Und weiter ... ihr Papa, Andreas Mirtschin, habe erst neulich seinen 47. Geburtstag gefeiert, und die Mutter Henriette, eine geborene Hecht, führe ein zweites Wild- und Geflügel-Geschäft an der Pillnitzer-Straße. Ich vernahm auch, dass die Familie auf zwei Stockwerken über dem Geschäft wohne. Dann wollte ich wissen, woher der

Name Mirtschin komme und lernte, dass dieser sorbischen Ursprungs sei und die Familie aus der Lausitz stammte.«

Archibald Sharp stand auf, ging zum Fenster und schaute in die Dämmerung. »Emil, wir könnten morgen gemeinsam am Fluss oder See spazieren gehen und die Sonne genießen. Was halten Sie davon?«

»Ja, gerne. Allerdings hat der Wetterdienst für morgen Nebel vorausgesagt.«

»Oh, das wusste ich nicht«, der Gast setzte sich wieder. »Sie erzählten von dem Gespräch, das Sie mit den drei Frauen am See führten.«

»Die Haushaltshilfe hatte sich dann etwas entfernt alleine ans Ufer gesetzt. Minna wollte mein Alter erfahren, und wir stellten fest, dass der Altersunterschied zehn Jahre betrug.

Die Zeit verging schnell, viel zu schnell, und ich war erleichtert, als Minna vorschlug, uns die folgende Woche wieder zu treffen. Zusammen mit Ida wollten sie mir das alte Dresden, das Königliche Schloss, den Zwinger, die Brühl'sche Terrasse und die Frauen-Kirche zeigen und als Abschluss im Wiener Café Central am Alt-Markt Kaffee und Kuchen essen gehen.

Minnas Art gefiel mir, und mich begann es im Bauch zu kribbeln. Für Minnas Eltern hingegen ging alles zu schnell. Speziell Henriette war der Meinung, man solle die Sache mit Ruhe angehen. So kam es mit Verzögerung zur Stadtbesichtigung. Dabei erfuhr ich dann viel über Dresden. Auf dem Weg zum Zwinger kamen wir beim Postplatz am Cholerabrunnen vorbei, ein in einem Brunnenbecken stehender neugotischer Turm. Ich war erstaunt, den Namen Gottfried Semper auf der angebrachten Plakette zu lesen. Mein Bruder Adolf erwähnte Semper im Zusammenhang mit seinem Architekturstudium. Auch wusste ich, dass Semper in Dresden die königliche Oper entworfen hatte. Einen gotischen Turm hätte ich diesem Architekten jedoch nicht zugetraut. Minna wusste zu berichten, dass der Brunnen als Dank an höhere Mächte für das Fernhalten der Cholera im Jahre 1840/41 von einem Freiherrn präzise so in Auftrag gegeben worden war.

Die Uhr am Zwinger, die die offizielle Zeit des Königreichs Sachsen anzeigte, faszinierte mich ebenfalls. Am Mittag kündigten jeweils fünf Glockenschläge die volle Stunde an, und ich habe immer, wenn ich dort vorbeigekommen bin, meine Taschenuhr gerichtet. Und ich war nicht der Einzige, der dies so gemacht hat.

Wir Menschen lieben feste Gewohnheiten und ...«, der Rest des Satzes ging im Lärm, der vom Vestibül in den Raum drang, unter.

Eine Reisegruppe war angekommen, und gerade wurden die Zimmerschlüssel verteilt. Nachdem wieder Ruhe eingekehrt war, fuhr der Senior in seiner Erzählung fort. »Nach dem Stadtbesuch begannen sich die Ereignisse zu beschleunigen. Minna und ich sprachen uns bald in der Du-Form an, und wir wollten uns verloben. Ich bat Vater Mirtschin um die Hand seiner Tochter. Er war gerührt, begeistert und bot uns für unsere gemeinsame Zukunft die kleine Wohnung im 4. Stock an der Lindenaustraße an.

In etwa zur Zeit des Antrages konnte Minna einen Nachmittag freinehmen. Wir setzten uns in die elektrische Straßenbahn und fuhren nach Blasewitz. Bei der Brücke stiegen wir zu den Elbauen hinab und gelangten durchs hohe Gras zum Treidelpfad. Wir wollten dem Leinpfad flussabwärts folgen. Als ich zurückschaute, sah ich die von der Sonne beschienene Loschwitzer Brücke, die im Volksmund wegen der Farbe und der großen Spannweite *Das blaue Wunder* genannt wird.

Meine wahre Aufmerksamkeit galt jedoch Minna, die mein Herz stolpern ließ. Das Weiß ihres luftigen Sommerkleids strahlte vor dem Blau der Brücke noch intensiver. Ihr Haar hatte sie zu einem Chignon hochgesteckt.

Ich wäre gerne Hand in Hand gegangen. Das war nicht möglich, da sie ihr langes Kleid, um es nicht schmutzig zu machen, mit beiden Händen schürzte. Die Enge des Treidelpfades ließ auch ein Nebeneinandergehen nicht zu. Näher zur Stadt, als wir die Königin-Carola-Brücke und die Türme Dresdens bereits sahen, wurden die Auen lichter. Wir berührten uns immer öfter. Dann blieben wir stehen und küssten uns, zaghaft zuerst, dann immer heftiger, und so drifteten wir in eine andere Welt. Ich erinnere mich deutlich an Minnas sanfte Haut, ihre weichen Lippen, ihre zarte ... Ich war trunken vor Liebe.«

Der Gast unterbrach Emils expressive Schilderungen mit der Bemerkung: »Kurz, sie waren verliebt. Ich finde diesen Zustand auch sprachwissenschaftlich interessant. Mir ist aufgefallen, dass man sich in Deutschland verliebt, indes wir Briten mit den Worten *to fall in love* in die Liebe fallen. Soviel ich weiß, ist bei den Franzosen beides möglich, was dem Reichtum dieser Sprache zu verdanken ist«, und er begann die ersten Takte der Marseillaise zu summen, denen der Senior mit geneigtem Kopf aufmerksam zuhörte.

Nachdem der Brite einen Schluck Tee genommen hatte, wechselte er das Thema. »An sich wollte ich nicht Ihre damalige Gefühlslage kommentieren, sondern eine Frage stellen. Mich erstaunt, dass die Straßenbahn in Dresden zu jenem Zeitpunkt elektrisch betrieben wurde.«

Darauf antwortete Emil Krebs: »Sie haben recht, erst später, so um 1906, wurden die Arbeiten zur Elektrifizierung beendet und die letzten doppelstöckigen, von zwei Pferden gezogenen Wagen aus dem Verkehr gezogen.

Eine der ersten elektrisch betriebenen Linien war die vom Postplatz zum Böhmischen Bahnhof und weiter bis zum Ende der Südvorstadt. Als ich in

Dresden ankam, fielen mir in diesem Zusammenhang Grabarbeiten neben den Gleisen am Bismarck-Platz auf.«

Der Gast hob seine Hand. »Emil, ich verstehe den Zusammenhang von Fahrleitungsbau und Grabarbeiten nicht.«

»Nun, die Technische Hochschule befürchtete durch die Abstrahlungen der frei hängenden Fahrleitung verfälschte Messungen ihrer Geräte und empfahl die Stromzufuhr unter den Boden zu verlegen. Für die Wagenführer bedeutete dies jedes Mal, eine aufwändige Umstellung der Stromabnahme vornehmen zu müssen.«

Die beiden Herren hingen ihren Gedanken nach, bis Emil sich aufrichtete. »Minna und ich heirateten am 19. Februar 1897. Das große Fest fand einen Tag später, an einem Samstag, leider ohne Schweizer Gäste statt. Ich hatte meinem Vater geschrieben und versprochen, dass ich mit Minna, so bald wie möglich, in die Schweiz reisen wolle. Archie, sind Sie oder waren Sie verheiratet?«

Archibald sah sich aus seinen Gedanken aufgeschreckt. »Nein, das war ich nie. Aber das ist eine andere Geschichte.«

Und so kam das Gespräch zu einem Ende. Man kam überein, sich am folgenden Tag wieder zur normalen Zeit, also um 16:30 Uhr zu treffen. Beim Verlassen des Salons schaute der Gast zurück. »Wenn es Ihnen nichts ausmacht, schlage ich vor, die Teesorte für einmal zu wechseln. Mir würde ein Lapsang Souchong sehr passen.«

Als der Hotelier den Namen des Tees bestätigte, nickte der Gast und entschwand im Vestibül.

Wie schreibt man Lapsang Souchong? Was ist das
für ein Tee? Diese Fragen trieben an jenem Freitag-
morgen die Familie Krebs um. Zu guter Letzt fand
Wally Souvoroff in einem verstaubten »Meyer's Kon-
versation-Lexikon« die Information, dass es sich um
einen chinesischen Tee, der über Kiefernholz geräu-
chert wird, handelte, und sie bestellte bei der bekannten Kolonialwarenhandlung in der Zürcher Altstadt
100 Gramm davon. Als ihr am Telefon der Preis genannt wurde, schreckte sie kurz auf, und sie vergaß,
eine Expresslieferung zu erwähnen.

Vater Krebs hatte sich gewünscht, das Mittagessen gemeinsam mit seinem Sohn Arno einzunehmen
men. Auf dem Weg in den Speisesaal schaute er im
Büro vorbei, wo ihn Hilde um eine Unterschrift für
die Verlängerung der Hypothek bei der Luzerner
Kantonalbank bat. »Papa, ich habe alle Dokumente
vorbereitet. Du musst nur noch unterschreiben.«

»Wie viel Schulden haben wir noch, und wie
hoch ist der Zins?«, fragte der Senior.

»Die Bank ist einverstanden, die Belehnung bei 170 000 zu belassen und verlangt für eine Laufzeit von 10 Jahren 4 Prozent, eine Verminderung um ein halbes Prozent.«

Der Vater tauchte die Feder ins Tintenfass und schrieb seinen Namen in gut lesbarer Schrift unter Vertrag und Durchschlag, dann ging er zum Mittagessen. Sein Sohn erwartete ihn bereits an einem runden kleinen Tisch. Die beiden kamen sofort auf die am Sonntag stattfindende eidgenössische Volksabstimmung über die Jungbauern-Initiative zu sprechen. Junior Krebs trat entschieden dagegen ein. »Diese von linken Kreisen eingebrachte Initiative soll die Spekulation mit Grund und Boden unterbinden. Die Vorschriften sollen für landwirtschaftlich genutzten als auch für städtischen Boden gelten. Wie und wer dies kontrollieren soll, ist aber unklar und widerspricht ganz und gar meiner liberalen Einstellung. Das niveaulose Plakat der Befürworter, das einen plumpen Spekulanten mit Zylinder, der gierig nach Mehrfamilienhäusern greift, sagt mehr als tausend Worte.«

»Wie du weißt, hat alles zwei Seiten«, griff Vater Krebs ausgleichend ein, »in den letzten 40 Jahren hat sich beispielsweise der Bodenpreis in unserer Stadt versiebenfacht, und da frage ich mich schon, wo das enden wird. Andererseits habe ich kein Brett vorm Kopf und erkenne einige Unwägbarkeiten einer solchen Verfassungsänderung. Wenn die Behörden darüber bestimmen können, wer was kaufen darf, ist das gefährlich und öffnet Tür und Tor für Kuhhändel und Korruption. Ich bin mit dir einig und werde auch ein Nein in die Urne werfen.«

An einem anderen Tisch unterhielten sich die beiden Schwestern. Wally fragte: »Hättest du nicht wieder mal Lust, ins Kino zu gehen? Arno könnte morgen Abend Dienst tun, und wir nehmen uns frei, was meinst du?«

»Einen guten Film zu sehen wünsche ich mir seit geraumer Zeit«, ließ sich Hilde vernehmen. »Im Kino Modern läuft der deutsche Film ›Nachtwache‹ mit Dieter Porsche und Luise Ullrich, aber der ist mir zu süß. Es geht um einen katholischen Kaplan und einen evangelischen Pfarrer, die sich zur Zusammenarbeit durchringen und fast Freunde werden. Gerne würde ich ›Die Welt steht still‹* sehen, aber der ist in Luzern noch nicht angelaufen«, Hilde lachte, »und nach Zürich ins Kino zu gehen ...«

»Um was handelt es sich?«, fragte Wally.

»Es geht um die Bombereinsätze über Deutschland, Gregory Peck spielt einen Brigadegeneral.«

»So was geht mir wider den Strich, das weißt du!« Wally schüttelte unwillig den Kopf.

»Im Cinema Flora läuft das ›Tal der Entscheidung‹, ebenfalls mit Gregory Peck. Da geht es um Er-

---

* Originaltitel: »Twelve O'Clock High«. Deutscher Titel: »Der Kommandeur« oder »Die Welt steht still«.

lebnisse einer irischen Einwanderfamilie in Pitts-burgh, aber dazu verspüre ich wenig Lust. Lass uns den Kinobesuch besser auf den Winter verschieben, wenn wir eh weniger Gäste haben«, beendete Hilde die Diskussion.

Als Emil und Arno Krebs beim Verlassen des Speisesaals am Tisch der Töchter vorbeikamen, sag-te der Vater: »Ich gehe einen Mittagsschlaf machen. Danach würde ich gerne die Finanzplanung fürs nächste Jahr anschauen.«

16:30 | 6. Teegespräch

Emil Krebs öffnete kurz das Fenster des Salons und atmete den Geruch von feuchten, modernden Blättern ein. Im dichten Nebel sah er die Umrisse von ein paar wenigen, auf dem Gehsteig vorwärts strebenden Menschen und hie und da das Lichterpaar eines Autos, das sanft dahinglitt.

Archibald Sharp betrat den Raum mit den Worten: »Guten Abend, Emil. Was für ein Wetter! Ich fühle mich in dieser Nebelsuppe wie zu Hause.«

»Guten Abend, Archie. Lassen Sie uns eine Tasse Tee trinken. Heute nochmals die übliche Sorte. Meine Tochter bestellte den Lapsang Souchong in Zürich, ich nehme an, dass wir die Ware morgen erhalten werden.«

Archibald Sharp entschuldigte sich für die verursachten Umtriebe, goss sich und dem Gastgeber

Tee ein und nahm sich ein Stück Gebäck. »Den Lapsang Souchong habe ich durch meinen Vorgesetzten kennen- und schätzen gelernt. Er trinkt ihn pur. Ich bevorzuge eine Mischung mit einem Darjeeling.«

»Keine Ursache! Jetzt bin ich gespannt zu hören, was Sie heute unternommen haben«, der Hotelier setzte sich an das knisternde Feuer.

»Ich bin an der Reuss spazieren gegangen und habe dem Zank der Möwen zugehört. Eindrücklich, wie diese im Streit um ein kleines Stück Brot hell aufkreischen, anschließend vom Wasser aufflattern und sich in einer eleganten Kurve im Nebel verlieren. Die krächzenden bis schnalzenden Rufe der Blässhühner unterbrachen die dumpfe, aber nicht unangenehme Stille. Dann drang von irgendwoher das Fauchen eines Schwans an mein Ohr. Ich hätte noch lange verweilen können, aber die feuchte Kälte drängte mich zum Weitergehen.«

»Ich habe mich des Öfteren gefragt, was Nebel für Empfindungen auslöst«, warf der Senior ein, »und ich vermute, dass es Gefühle einer nicht schmerzhaften Einsamkeit sind. Nicht schmerzhaft, nicht lähmend, da man sich vom Alleinsein jederzeit verabschieden kann.«

»Das ist es! Indem ich weiterging, trennte ich mich von meiner Melancholie. Bei der Streubrücke blieb ich wieder lange stehen und betrachtete das grünlich schimmernde Wasser, das als massige Einheit durch die eingelegten Latten des Wehrs glitt, dann auf halbem Weg aufzuquirlen begann, um unten sprudelnd, spritzend aufzutreffen. Auf dem Rückweg bin ich in die Jesuitenkirche eingetreten. Was für eine Pracht! Derart prunkvolle Barockkirchen kennen wir in England nicht, da dieser Stil auf dem Weg von Italien zu uns offensichtlich an Üppigkeit verloren hat.

Dann arbeitete ich mich durch die Diesigkeit zur Hofkirche vor. Als ich die flache Treppe zum Eingang hochstieg, schaute ich nach oben. Die Turmspitzen verloren sich im Nebel. Die verschiedenen Baustile an der Fassade konnte ich gerade noch erkennen. Den Innenraum empfand ich im Vergleich zur Jesuitenkirche als sehr nüchtern. Aufgefallen sind mir die Holzbänke, besonders diejenigen auf der rechten Seite des Schiffs, die sich mit reichen Verzierungen von den anderen abheben. Gehe ich richtig in der Annahme, dass rechts die Männer und links die Frauen den Gottesdienst feierten?«

Emil zögerte. »Diese Frage kann ich nicht beantworten, ich war kaum je in der Hofkirche. Wie ich bereits erwähnte, ist die Trennung der Konfessionen in dieser Stadt strikt. Und zwar nicht nur beim Kirchgang.«

»Dann lassen wir das Thema besser, und ich frage Sie nach den Umständen, die Sie zu einem Hotelier gemacht haben.«

»Nun«, der einstige Küchenchef atmete tief ein, legte seine Hände auf den Teetisch und zögerte nochmals, bis er die passenden Worte fand, »ich hatte in Dresden alles erreicht, was ich erreichen konnte, als ich 1910 unvermittelt vor die Tatsache gestellt wurde, eine neue Anstellung suchen zu müssen.«

»Was ist denn vorgefallen?«, erkundigte sich der Gast.

»Das Grand Union ging in neue Hände über, und mit dem neuen Besitzer verstand ich mich nicht. In der Schweiz würde man sagen, dass der neue Besitzer und ich das Heu nicht auf der gleichen Bühne hatten. So begann ich mit Minna über andere Möglichkeiten zu diskutieren, und allmählich formte sich der Gedanke heraus, in der Schweiz ein Hotel zu übernehmen. Klar, eine Trennung von Eltern und Geschwistern würde für Minna nicht einfach sein; auch für die Kinder, die aus ihrem harmonischen Familienumfeld herausgerissen würden. Deshalb führte ich ein intensives Gespräch mit Vater Mirtschin. Als Unternehmer stand er dem Projekt positiv gegenüber, aber natürlich würde er den Schritt sehr bedauern, sagte er in einem Nachsatz. Möglicherweise sah er in mir seinen Nachfolger, falls sein eigener Sohn nicht zur Verfügung stehen sollte.«

»Wie wir wissen, entschieden Sie sich, Hotelier zu werden.«

»Ja, im Frühherbst 1910 reisten Minna und ich in die Schweiz, um zwei zum Verkauf angebotene Liegenschaften zu besichtigen. Vielleicht wollten wir einfach mal weg von Dresden, möglicherweise

125

suchten wir eine Abwechslung, ein kleines Abenteuer.

Schnell konzentrierten wir uns auf Luzern. Die Stadt war eine aufstrebende Touristik-Destination mit renommierten Häusern. Die Lage der Immobilie, gerade neben dem Bahnhof, erachtete ich als Garant für eine gute Belegung. Die Liegenschaft wurde 1899 von der benachbarten Eisenhandlung, der Firma Willmann, gebaut und die letzte Lücke der Blockrandbebauung so geschlossen.

Innerhalb von 10, 15 Jahren war damals ein neues Quartier entstanden. Der Direktor vom Waldstätterhof, unser Konkurrent von nebenan, erzählte einmal, dass von hier Richtung Fluss bis in die 1890er-Jahre das Gaswerk stand. Sie können sich vorstellen, was das bedeutete.«

Der Engländer hielt sich die Nase zu und sprach mit verändertem Stimmklang: »Puh, ich rieche förmlich den Geruch nach faulen Eiern!«

Der Gastgeber lachte und sprach dann weiter: »Die Liegenschaft war in einem guten Zustand. Der Vorbesitzer, der Hotelier Simmen, hatte einen Fahrstuhl und Badezimmer einbauen lassen. Den Eingang hatte er mit dem auf den Gehsteig hinausragenden Glasdach versehen, und im ersten Stock die Mauer zum Nachbarhaus durchbrochen, um die Zahl der Gästezimmer zu vergrößern.

Die Arbeits- und Warenabläufe von der Anlieferung bis zur Präsentation der Speisen waren klar geordnet, und ich habe bis heute daran nichts verändert. Die Lebensmittel werden am Durchgang zum Hinterhof angeliefert. Auf einer breiten Treppe erreicht man Küche und Keller, und die zubereiteten Speisen kommen mit einem kleinen Aufzug zur Speiseausgabe hoch.«

»Wissen Sie, wie die Amerikaner einen Speiseaufzug nennen?«

Emil bewegte seinen Kopf verneinend hin und her.

»Sie sprechen von einem dumb waiter, also einem stummen Diener.«

»So, so! Wir nennen den Aufzug ›Pass‹. Wenn ich die Klingel höre und niemand in der Nähe ist, rufe ich die Saaltochter, sie soll den Pass holen, worauf sie am umlaufenden Seil zieht, bis die Kabine oben ankommt. Heute ist die Klingel elektrisch, früher wurde sie gezogen, und da jeder Mensch eine Klingel unterschiedlich zieht, wusste ich sofort, wer unten die Speisen in den Pass geladen hatte.

Zurück zur Speiseausgabe, die auch als Spülzone dient. Der Weg von der Essensausgabe bis zum Speisesaal führt«, der Hotelier schaute in Richtung der Türe und bewegte seine Hand waagrecht hin und her, »durchs Vestibül. Das ist nicht ideal, aber ich musste mich damit abfinden. Dafür ist die Lage des Weinkellers optimal. Gleich beim Eingang zum Speisesaal führt eine hinter einer kleinen Tür versteckte, enge Wendeltreppe zu einem Gewölbe, dessen Klima im Sommer und Winter für Weine hervorragend geeignet ist.«

»Welche Temperatur erachten Sie für die Lagerung von Weinen als ideal?«, erkundigte sich der Gast.

»Um die 15 Grad Celsius ist gut. Wichtig sind auch eine mittlere Feuchtigkeit und kein natürliches Licht. Lieben Sie Weine, und wenn ja, welche?«

Der Brite überlegte kurz. »Ich bin kein Experte, aber einen roten Burgunder weiß ich zu schätzen.«

»Das ist gut zu wissen«, freute sich der Gastgeber, »aber lassen Sie mich auf mein und Minnas Besuch in Luzern zurückkommen. Es waren friedliche Herbsttage, die ich in guter Erinnerung behalten habe. Das Wetter zeigte sich von der besten Seite, der Himmel war klar, einzig der Gipfel des Pilatus war in Wolken gehüllt. Später lernten wir, dass dies ein Gutwetterzeichen ist und sich in der Wetterregel ›Trägt der Pilatus einen Hut, bleibt das Wetter gut‹ ausdrückt. Ein Spruch, den jedes Kind bereits vor der Einschulung lernt. Das gute Wetter genossen wir auch auf der Dachterrasse, die man auf einer hölzernen Treppe vom fünften Stock aus …«

In diesem Augenblick trat Hilde Krebs, einen hilflosen Eindruck machend, in den Salon. Zwei Ehepaare der angekommenen Reisegruppe beschwerten sich lautstark über den Ausblick von ihren Zimmern. Der Vater folgte seiner Tochter ins Vestibül. Als der Lärm sich gelegt hatte, kam er zurück und sagte zu dem Engländer: »Da wir heute voll belegt sind, konnte ich den Gästen kein anderes Zimmer geben. Jedoch habe ich anerboten, dass sie morgen wechseln können.«

Während er sich Tee einschenkte, fragte er beiläufig: »Wo war ich stehengeblieben?«

Der Gast antwortete mit einem Schmunzeln: »Auf der hölzernen Treppe.«

»Danke! Dort oben bei den Mansardenzimmern der Angestellten standen wir dann unversehens vor einer steilen Leiter, die zur Dachterrasse führte. Ich schob die Dachluke beiseite und half Minna beim Hochsteigen. Oben angekommen, bestaunten wir das Panorama. Da sieht man im Westen das markante Hotel Château Gütsch, ein Gebäude, das einem Märchenschloss sehr nahe kommt. Im Norden, auf der anderen Seite des Flusses, zieht sich die Stadtmauer mit ihren unterschiedlichen Türmen die Hügelkuppe entlang. Davor sind die beiden Zwiebeltürme der Jesuitenkirche fast mit Händen zu greifen. Links, neben der markanten Kuppel des Bahnhofs sahen wir das renommierte Hotel Schweizerhof, die Hofkirche und weitere Hotelpaläste. Gegen Osten hinter den Gleisen der See, dahinter die Rigi und der Bürgenstock und am Horizont die leuchtenden Schneeberge. Minna war von der sächsischen Schweiz Berge gewohnt. ›Aber hier sind diese so was von massiv‹, sagte sie und zeigte auf den aus seinem eigenen Schatten aufragenden Pilatus.«

»Ihre Schilderung hat für mich etwas Bedrückendes, als ob Zeus vom Olymp herunterschauend den gebührenden Respekt eingefordert hätte«, ließ der Gast seiner Fantasie freien Lauf.

»Solches war uns fremd. Im Gegenteil, wir fassten uns an den Händen und beteuerten uns, unserer Zukunft in Luzern aufzubauen. Hätte ich je die Fähigkeit des Jodelns erworben, hätte ich in jenem Moment«, Emil Krebs legte die Hand auf die Brust, »wohl ein Jauchzer ausgestoßen.

Mit dem Verkäufer einigten wir uns auf einen Kaufpreis von 269 000 Franken. Eine Anzahlung von 10 000 mussten wir sofort leisten, den Rest nach Genehmigung des Kaufvertrages durch die Behörden. Glücklicherweise konnten wir die auf der Liegenschaft eingetragene Hypothek von 235 000 Franken übernehmen. Der Kaufpreis war ohne Hotelinventar, das wir für zusätzliche 60 000 Franken, den Wert der letzten Inventurschatzung, erwarben.«

Der Schweizer stand auf und ging im Salon auf und ab. »Noch heute bin ich nervös, wenn ich an die Verhandlung und den Tag des Handschlags zurückdenke. An jenem Abend tranken Minna und ich eine Flasche guten Bordeaux und stießen mehrmals auf unsere Zukunft an. Auf der Rückreise begannen wir, den Umzug zu planen. Den Tag der Übersiedlung legten wir auf Anfang April fest, sodass wir die Karwoche bereits in Luzern verbringen konnten. Ich spreche vom Jahr 1911. Andreas Mirtschin bestand darauf, dass wir nicht ohne unsere Marie, die Haushaltshilfe, übersiedeln sollten ... und er hatte recht, denn sie war eine große Hilfe und wurde hier in Luzern zu einem festen Teil unserer Familie.«

Der Brite rückte auf dem Sessel ungeduldig hin und her, griff zu einem Scone und fragte: »Wie ging es denn weiter?«

»Obgleich wir uns von den meisten Freunden vorzeitig verabschiedet hatten, wollten uns am Tag der Abreise alle nochmals persönlich ihre guten Wünsche überbringen.

Je näher der Tag kam, umso mehr waren wir mit den Nerven am Ende. Auf dem Weg zum Hauptbahnhof musste der Kutscher bei der Reichs-Apotheke einen Halt machen, damit Minna Aspirin kaufen konnte. Der lokale Hersteller, die Chemische Fabrik Heyden, verkaufte ein analoges Produkt, das erst noch billiger war. Aber Minna wollte unbedingt Aspirin kaufen, da, so hatte sie im Bekanntenkreis gehört, die Wirkung gegen Unwohlsein besser sei.

Am Bahnhof, unter der Statue der Saxonia, trafen wir auf den Rest der Familie, Verwandte und Freunde. Gemeinsam schritten wir durch das Hauptportal und die Halle und die Stufen hoch, wo die Züge nach Leipzig und Frankfurt abgingen. Auf dem Bahnsteig lagen wir uns abwechselnd in den Armen, ohne uns in die feuchten Augen zu schauen. Dann gaben alle ihre Zurückhaltung auf und ließen den Gefühlen freien Lauf.

Wir stiegen in den Zug, standen an den herunter-
gelassenen Fenstern, schauten in die Runde und,
da die Zeit nicht schreiten wollte, griffen nochmals
nach dieser und jener Hand. Endlich hörten wir das
Pfeifen der Lokomotive, gefolgt von der barschen,
Respekt heischenden Stimme des Schaffners. Dampf
strich über den Bahnsteig, und der Zug setzte sich in
Bewegung. Die zurückbleibenden Dresdner schwenk-
ten weiße Tücher, die sich mit wachsender Entfer-
nung im Hintergrund auflösten, und dann, ja dann
fühlten wir uns sehr einsam. Jeder richtete sich wort-
los auf seinem Sitz ein.«

Archibald Sharp hatte sich mehrmals am Kopf

gekratzt, bis es ihm gelang, den Sprechenden zu un-
terbrechen. »Mit meiner Frage, was Sie zum Hotelier
gemacht hat, haben wir das Pferd von hinten auf-
gezäumt. Da die Stadt Dresden in Großbritannien
einen sehr guten Ruf genoss, würde mich, falls Sie
noch mögen, Ihre Jahre in der Elbstadt sehr interessieren«, er hob beide Hände, »und bevor ich es vergesse, Ihre Beschreibung der Sicht von der Dachterrasse hat mich derart neugierig gemacht, dass ich
Lust verspüre hochzusteigen.«

*

Emil Krebs fröstelte, rückte den Sessel näher zum Kamin, legte zwei Scheite nach und begann den roten
Faden ganz am Anfang aufzunehmen. »Ja, Dresden.

Unser letztes Gespräch endete mit der Hochzeit im Jahre 1897 und mit der Absicht, mit Minna in die Schweiz zu reisen. Ein Arbeitsunterbruch kam uns sehr gelegen, da die Gegend um den Böhmischen Bahnhof wegen Baustellen sehr lärmig und die Luft staubig war. Das Hauptgebäude wurde vergrößert und die Bahngleise hochgelegt, um die lästigen Wartezeiten an den Schranken abzuschaffen.

Wir wählten die erste Hälfte Juni als Reisezeit. Ich musste am 22. des Monats zurück in Dresden sein, da General Melville die Freunde Englands zu Ehren Königin Viktorias diamantenem Kronjubiläum zu einem großen Bankett geladen hatte.

So reisten wir, uns im Glück sonnend, ins Berner Seeland. Minna gefiel die Landschaft, aber mit der bäuerlichen Umgebung, dem steifen Umgang mit dem Schwiegervater und den Verwandten tat sie sich schwer. Da sie das Berndeutsch nicht verstehen konnte, blieb ich stets in ihrer Nähe, aber auch so kam es zu keinem längeren Gespräch mit meinem Vater. Die Unterschiede waren schlicht zu groß. Dass ich eine Deutsche zur Frau genommen hatte, konnten viele nicht verstehen, und es dauerte über ein Jahr, bis mein Vater sich dazu äußerte, bis er sich an den Tisch setzte und seine Gedanken zu Papier brachte.

Am Tag, als der Brief an der Lindenaustraße eintraf, rief Minna, als sie die Haustüre gehen hörte, ins Treppenhaus hinunter: ›Komm schnell! Dein Vater hat dir einen Brief geschrieben.‹

Dieser bestand aus vier Seiten in Kurrentschrift. Spitze Buchstaben überragten die Zeilen. Minna war der Meinung, falls Buchstaben singen könnten, würden wir ein feuriges Stakkato hören.«

»Meine Mutter hat mich glücklicherweise nie gezwungen, diese für mich fast archaische Schrift zu erlernen«, sagte der Gast, »aber mich würde interessieren, was Ihr Vater Ihnen zu sagen hatte.«

»Zuerst aßen wir eine kleine Mahlzeit, dann arbeiteten wir uns durch die Seiten, die ich bis heute aufbewahrt habe. Mein Vater berichtete von der schlechten Weinernte, vom Hagel, der den Kulturen arg zugesetzt hatte, von meinen Brüdern und ihren Frauen, speziell denjenigen, die er nicht leiden konnte. Des Weiteren wunderte er sich über meine Schwester Rosa, von der er nicht wusste, bei wem und wo sie als Magd arbeitete. Dann kam er auf Minna zu sprechen. Er habe gehört, dass sie eine ordentliche Frau sei, zu der ich achtgeben soll, und empfahl mir, ihr keine Milch, er verwendete das Wort Kuhmilch, sondern täglich ein Glas Wein zu geben. Warum, erklärte er nicht, und ich verstehe diese Anregung bis heute nicht. Minna und ich schauten uns verwundert an und begannen gleichzeitig zu lachen.«

Der Gast stand auf, bewegte sich humpelnd zum Fenster, verharrte dort und begann sein Gewicht von einem Bein aufs andere zu verlegen. »Lassen Sie sich nicht stören. Fahren Sie ruhig fort. Mein Bein ist eingeschlafen. Darum möchte ich einen Moment stehen bleiben oder im Raum herumgehen«, sagte er und lehnte sich gegen das Fensterbrett.

»Im Spätsommer, vielleicht war es Ende August 1898, fuhren Minna und ich wieder mit der Straßenbahn nach Blasewitz, um das zweijährige Jubiläum unseres ersten gemeinsamen Ausfluges zu feiern. Im Unterschied zum ersten Mal überquerten wir die Brücke und ließen uns von Loschwitz mit der Seilbahn zum Luisenhof hochfahren. Oben traten wir aus dem roten Backsteingebäude auf die Terrasse, um den Blick auf die blaue Brücke, die Elbauen und die hinter der Flussbiegung wahrnehmbaren Türme Dresdens zu werfen. Die Sicht war gut, aber Minna war ruhelos und konnte den Ausblick nicht genießen. Dann sprudelte es, wie bei einem überquellenden Gefäß, aus ihr heraus: ›Emil, du wirst Vater!‹ Wir lagen uns lange in den Armen, bis uns das Schnauben der zwei Dampfmaschinen, die die Seilbahn antrieben, aufschreckte.

Minna begann früh, breitbeinig zu gehen, und verlegte, wie bei schwangeren Frauen oft üblich, ihren Schwerpunkt nach hinten.

»Das heißt, wenn ich richtig rechne, kam Wally im Frühjahr 1999 zur Welt«, der Gast hob eine Augenbraue und schaute seinen Gesprächspartner fragend an.

»Ja, im Monat März, und im April des folgenden Jahres kam Hilde zur Welt. Im vierten Stock an der Lindenaustraße herrschte Hochbetrieb. Alle halfen mit. Minnas jüngste Schwester Elsa, inzwischen fast zehn Jahre alt, hielt sich fast nur bei uns auf. Mein Schwiegervater war der Meinung, dass zusätzliche Hilfe nötig sei, und so kam Marie in unsere Familie. Sie lebt heute zurückgezogen bei uns im 1. Stock. Sie zeigt sich kaum, und das Haus hat sie seit Jahren nicht verlassen, das letzte Mal, um einen Arzttermin wahrzunehmen.

Wegen unserer Kinder und einer Familienzusammenkunft im Juli 1902 in Tschugg bin ich meinen Brüdern wieder nähergekommen.«

»Ich kann die zeitweilige Entfremdung gut nachvollziehen, insbesondere wenn Ihre Brüder unterschiedliche Lebenserfahrungen gemacht, nicht im Ausland gelebt haben. Was sind Ihre Brüder von Beruf?« Archibald Sharp ging zum Teetisch, schenkte sich neu ein und setzte sich wieder.

»Einer arbeitete bei der Bahn als Stationsvorstand, die anderen wurden Bauern oder Handwerker. Neulich ist mir das bei dem Treffen aufgenommene Foto in die Hände gefallen. Auf dem Bild sitzt mein Vater in der ersten Reihe, umgeben von einer Traube von über 20 Enkeln und Enkelinnen, dahinter der Rest der Familie. Die Männer alle mit Schnurrbart, in weißem Hemd mit Krawatte und schlichten Anzügen, die Jugendlichen in heller Kleidung, und die meisten Frauen in langen, weißen Röcken, einige mit übergezogener Schürze.

Adolf war nicht dabei. Er konnte seine Verletztheit nicht beiseitelegen. Nach Tschugg zu gehen, schrieb er mir, sei ihm ganz und gar zuwider. Der Postkartengruß war sachlich, anders als die Grüße zum Jahreswechsel, wo er jeweils allegorische Schilderungen der großen Stundenglocke, auf die alsbald der letzte Hammerschlag niedersausen würde, bemühte.

Rückblickend wundere ich mich, wie schnell die Jahre verflogen sind. Minna war bald wieder in anderen Umständen und gebar im Februar 1904 unseren Arno. 1905 begann schlecht. Minnas Schwester Ida plagte eine langwierige Krankheit, die einfach nicht in den Griff zu bekommen war; sie starb im März. Mein Schwiegervater verfügte, dass Idas dreijährige Tochter bei ihnen aufwachsen würde. Ein Kind mehr oder weniger mache wohl keinen Unterschied, ließ er verlauten. Ich schätzte diese Offenheit und Großzügigkeit enorm. Finanziell stellte dies kein Problem dar, da die Geflügelhandlung guten Profit erwirtschaftete, was ihm erlaubte, immer wieder mal ein Wohnhaus zu kaufen. Zu mir äußerte er sich einmal, er plane, jedem seiner Kindern ein Mehrfamilienhaus zu vermachen.«

Der Gast legte Daumen und Zeigefinger ans Kinn. »Das heißt, Sie waren in der Familie Ihrer Frau gut eingebunden und, so nehme ich an, auch Teil der städtischen Gesellschaft.«

»Durch meinen Schwiegervater hatten wir Zugang zur Dresdner Gesellschaft. In einer oberflächlichen Art auch durch meinen Beruf, indem ich den Gästen immer ein gesundes Maß an Aufmerksamkeit zukommen ließ. Für mich, so sagte ich immer, waren diese Gespräche das Sahnehäubchen auf der heißen Schokolade.«

Der Engländer gab einen Zischlaut von sich und klopfte zweimal mit der offenen Hand auf seinen Oberschenkel. »Dieser blumige Vergleich gefällt mir.«

Ein Schmunzeln glitt über das Gesicht des Hoteliers, da er sich in seiner beruflichen Grundhaltung bestätigt fühlte. »Im Savoy halten wir viele Hochzeitsfeiern der besseren Gesellschaft. Ich erinnere mich beispielsweise an die Vermählung des Landschaftsmalers Pedro Schmiegelow mit Margarete Schmitt. Der große Ballsaal platzte aus allen Nähten, und die Stimmung war exzeptionell. In meinem Album gibt es sicher auch eine Menükarte von diesem Anlass.«

»Das klingt alles sehr gut und interessant«, sagte Archibald Sharp und blickte in die Augen seines Gesprächspartners.

Dieser zögerte einen Augenblick. »Im April 1906 wechselte ich die Anstellung und ging als selbständiger Küchenmeister zur Konkurrenz, zum Grand Union Hotel auf der anderen Seite des Bismarck-Platzes.«

»Warum wechselten Sie den Arbeitgeber?«, wollte der Brite in Erfahrung bringen.

»Der Besitzer des Grand Union machte mir ein sehr gutes Angebot, und so erlag ich dem Zauber des Neuen. Kam hinzu, dass dieses Hotel wegen den großzügigen Räumlichkeiten und dem bei Besuchern sehr beliebten Garten für die Durchführung von Großanlässen noch geeigneter war. Die Höhepunkte des jährlichen Festkalenders waren im Januar der Anlass zu Kaisers Geburtstag und im Mai die Feiern zum Ehrentag Seiner Majestät, König Friedrich August III.

Der Eigentümer Hofrat Schnelle war stolz auf seinen Titel eines Hohen Hoftraiteurs und die Tradition des Hauses, die bis 1873 zurückging. Davon zeugte auch die tiefe dreistellige Telefonnummer, nämlich 161. Das Grand Union war für leckere Süßigkeiten bekannt, wobei den besten Dresdner Stollen die Konfiserie Ferdinand Sanders, nebenan am Bismarck-Platz 12, backte.«

Emil Krebs stand auf und fragte, während er das Fenster öffnete: »Finden Sie die Luft auch stickig?«, und fuhr, ohne sich zu setzen, fort: »Zuckerbäcker sind auch Kunstschaffende, und mit diesem Übergang möchte ich auf die Künstlergruppe ›Brücke‹ zu sprechen kommen. Diese Künstler stellten im Herbst 1907 ihre Werke erstmals in einer Ausstellung im Kunstsalon Emil Richter an der Pragerstraße vor. Minna erkannte einen der Maler. ›Das ist doch der fein exzentrisch gekleidete junge Mann, der gegenüber in der Nummer 23 gewohnt hat‹, sagte sie und deutete auf Ernst Ludwig Kirchner. Ich erkundigte mich und erfuhr, dass Kirchner zwischen 1901 und 1905 an der Technischen Hochschule Architektur studierte und damals tatsächlich an der Lindenaustraße wohnte.

Die Bilder Kirchners waren zu zwiespältig, um gut anzukommen. Die schwarz-weißen Holzschnitte mit aus den Proportionen gerissenen, verzerrten menschlichen Körpern lösten bei vielen Menschen verstörende Empfindungen aus. An einem Sonntag diskutierten wir am Frühstückstisch seine Bilder, ohne Hilfe und Führung blieb ich allerdings ratlos. Ich schlug darum vor, Adolf zu fragen, worauf Minna kurz angebunden antwortete, dass dies wohl gar nichts bringe, denn mein Bruder sei ein Fachmann für Heiligenbilder.«

»Und heute könnten wir einen Holzschnitt von Kirchner kaum bezahlen.«

»Nur leider wissen wir dies erst im Nachhinein, ansonsten wir reich wären«, warf der Hotelier ein, und die beiden lachten hellauf.

»Apropos Bilder, ich würde Ihnen gerne eine Fotografie der Löwenskulptur im Großen Garten zeigen. Meine Alben liegen im Büro. Kommen Sie, wir gehen zusammen hin.«

Archibald Sharp nickte, und die beiden verließen den Raum. Bevor sie das Büro erreichten, sagte der Senior mit einer ausholenden Handbewegung: »Bei unseren sonntäglichen Familienausflügen in den Großen Garten hatten es mir die alten, ausladenden Bäume, die verschiedenen Palais und die Löwenskulpturen am Carola-See angetan.«

»Ja, ja, Emil, die Könige der Wüste haben Sie durchs ganze Leben begleitet.«

»Nach dem Spaziergang holte ich jeweils das Bild der Löwen der Ismail-Brücke hervor, und wir diskutierten mit den Kindern, welche nun den erhabeneren Eindruck machen.« Er schlug das Postkartenalbum auf und fragte den Gast: »Was denken Sie darüber?«

»Die Tiere in Dresden liegen, diejenigen in Kairo sitzen und sind alleine, darum für mich eindrücklicher.«

Ohne auf den Kommentar einzugehen, begann Emil Krebs in einer Schublade des Aktenschranks herumzukramen, während sich im engen Raum ein muffiger Geruch ausbreitete. Er nahm ein Medaillon in die Hand und sagte: »Hier, das ist eine Gedenkmedaille der Kochausstellung von 1909, bei der meine Küche mit Gold ausgezeichnet wurde. Die Kochausstellung fand im gläsernen Ausstellungspalast auf dem Gelände des Großen Gartens statt und war vom sächsischen Regenten selber eröffnet worden. Zur Überraschung aller kam der Monarch nicht, wie erwartet, in einer Pferdekutsche, sondern im Automobil vorgefahren.«

»Darf ich die Medaille sehen?«, fragte der Brite und betrachtete interessiert die an einem blauen Ordensband hängende runde Plakette.

Nachdem die Gesprächspartner wieder im vertrauten Salon Platz genommen hatten, atmete der Hotelier schwer, bevor er die Stimme erhob: »Leider, leider, ging das Grand Union kurz danach in andere Hände über. Der neue Besitzer, ein Herr Becker, brachte Unruhe in das Unternehmen. Sein unpersönlicher Führungsstil behagte mir nicht. Anfänglich bemühte ich mich, mit der Situation klarzukommen. Leider ohne Erfolg, und den Rest der Geschichte kennen Sie bereits.«

Der Brite schaute auf seine Uhr. »Sie haben eine Andeutung gemacht, dass Ihre Frau von Ihrem Vater ein Mehrfamilienhaus erben würde. In welchem Quartier lag dieses Haus?«

»Das Haus stand an der Sedan-Straße 1, mit anderen Worten, am Bismarck-Platz«, antwortete der Senior, und der Engländer atmete tief ein, bevor er bekümmert nachhakte: »Steht es noch?«

»Nein, nein, in Schutt und Asche gelegt!«

Die Herren blieben für eine ganze Weile stumm, bis der Gast, von Unruhe geplagt, ein Bein über das andere schlug. »Bevor wir uns heute trennen, möchte ich Sie um einen Rat bitten. Ich plane morgen auf die Rigi zu fahren. Was meinen Sie dazu?«

»Nun, morgen soll es wieder föhnig werden. Aus diesem Grund werden Sie dort oben die Berge ganz nah, zum Greifen nah, sehen. Ja, auf jeden Fall, die Rigi ist ein lohnendes Ziel.«

Die Gesprächspartner verabschiedeten sich. Der Gastgeber legte nochmals Holz auf die Glut, setzte sich wieder und ließ den Tag Revue passieren.

Das Abendessen war lange aufgetragen, als Hilde in den Salon hineinschaute und sich wunderte. »Papa, wir warten auf dich. Bist du vor dem Feuer eingedöst?«, fragte sie sorgenvoll.

Luzern, Samstag, 30. September 1950; Neblig, darüber teilweise bewölkt, in den Bergen aufkommender Föhn; Luft (12:30) 13°C

Als Archibald Sharp am Morgen das Hotel Richtung Schiffsanlegestelle verließ, schaute er bei der Rezeption vorbei, um der Praktikantin den Zimmerschlüssel und eine Nachricht zu hinterlassen. »Würden Sie Herrn Krebs bitte ausrichten, dass ich kurz nach 16 Uhr mit dem Kursschiff von Vitznau ankomme und möglicherweise ein paar wenige Minuten zu spät zum Tee erscheine.«

Etwas später stürzte Wally Souvoroff ins Büro: »Hilde, Lea will ihre Stelle aufkünden, um ihre Mutter in Italien pflegen zu können. Ich bitte dich, sprich mit ihr!« Nachdem sie die Bedeutung der Nachricht erfasst hatte, antwortete Hilde: »Damit wird Lea ihre Arbeitsbewilligung in der Schweiz verlieren. Ich schlage vor, dass wir vor ihrer Abreise nach Italien einen Verlängerungsantrag an die Behörden schreiben, allenfalls einen Saisonierstatus beantragen, was ihr erlauben würde, nächstes Jahr die Sommersaison wieder bei uns zu arbeiten, was hältst du davon?«

»Möglicherweise können wir sie so motivieren, wieder zurückzukommen. Es ist wenigstens einen

Versuch wert«, erwiderte Wally Souvoroff, »und ich habe noch ein Anliegen. Der Bundesrat hat im August beschlossen, dass in Schulen, bei Festen, Sportanlässen und bei Manövern nur noch pasteurisierte oder abgekochte Milch verkauft werden darf. Nun soll es Bestrebungen geben, diese Vorschrift auch auf Gaststätten auszudehnen. Würdest du bitte bei den kantonalen Behörden um Details nachfragen?«

»Das kann ich gerne machen. Wieso wurde diese Verordnung erlassen?«, fragte Hilde zurück.

»Es geht offenbar um Tuberkulose-Vorsorge. Da Rinder und Kühe von der Schwindsucht auch betroffen sind, soll die Rohmilch durch Abkochen oder Pasteurisieren von möglichen Erregern befreit werden«, sagte Wally und wandte sich Richtung Türe, als Hilde ihr nachrief: »Warte, auch ich wollte dich etwas fragen. Wie steht es mit unserem Notvorrat? Ich frage, weil allenthalben von Engpässen gesprochen wird, inzwischen nicht nur bei Lebensmitteln, sondern sogar bei Kleidern. Soeben habe ich in der Zeitung eine halbseitige Anzeige von Kleider Frey gesehen, in der dieser für eine sichere Versorgung garantiert und von Angstkäufen abrät.«

»Ich werde die Empfehlungen für Hotels und Gaststätten hervorsuchen und unsere Lagerhaltung überprüfen«, versprach Wally.

Am Nachmittag riss die Nebeldecke auf, und darüber zeigten sich Föhnfische am ansonsten blauen Himmel. Der Hotelier verspürte Lust auf einen Spa-

ziergang und, um das Angenehme mit dem Nütz-
lichen zu verbinden, nahm er sich vor, Archibald
Sharp an der Schiffsanlegestelle in Empfang zu nehmen.

7. Teegespräch

Emil Krebs wartete abseits der Landebrücke, um sich vom Gedränge der Ankommenden fernzuhalten.

Der Brite stockte kurz, als er den Senior erkannte, dann glitt ein Schmunzeln über sein Gesicht. »Das nenne ich eine Überraschung!«, rief er und ging mit ausgebreiteten Armen auf den elegant gekleideten Hotelier zu. Als beide die ersten Schritte Richtung Seebrücke taten, meinte Archibald Sharp: »Ich habe heute oft über unser gestriges Gespräch nachgedacht, insbesondere über den Verlust des Hauses in Dresden. Im hellen Licht der Berge erinnerte ich mich an meinen Vorgesetzten, der einmal sagte, dass man dem Magen nur Dinge zumuten sollte, die er verdauen kann, und dasselbe gelte auch für den Geist. Also, wagen wir es, dieses Thema aufzunehmen?«

Obgleich der Senior spürte, wie sein Puls schneller wurde, nickte er bejahend.

»Wie und wann haben Sie die Nachricht von der Zerstörung des Hauses erfahren?«, fragte der Engländer.

Emil Krebs' Schritt stockte. Er betrachtete den silbernen Knauf seines Gehstocks und strich sich mit Daumen und Zeigefinger der linken Hand über Wangen und Kinn. Dabei nahm er ein scheuerndes Geräusch, verursacht durch die Reibung der Bartstoppeln, wahr.

Tastend setzte er einen Schritt und innerhalb der nächsten Dutzend Schritte, der nächsten sechs Taktschläge seines Gehstocks, ging ihm durch den Kopf, dass er sich nicht rasiert hatte. Ihm war es zuwider, Schaum aufzuschlagen und sich der Prozedur des Schabens zu unterziehen. Es irritierte ihn, dass er sich in den letzten Wochen dabei öfters geschnitten hatte, und er fragte sich, ob er die Gesichtspflege nicht besser einem Barbier überlassen sollte.

Dann antwortete er: »Dresden wurde zwischen dem 13. und 15. Februar 1945 mehrmals von amerikanischen und britischen Verbänden bombardiert. Das wissen Sie sicher besser als ich. Hier in der Schweiz waren wir ahnungslos. Am 16. Februar las ich in einer Agenturmeldung aus London, dass Bombergeschwader Dresden und Cottbus angegriffen hätten. Auf der gleichen Seite der Zeitung war ein Wehrmachtsbericht abgedruckt, der Magdeburg,

Chemnitz, Dresden und andere Orte in Deutschland als Ziel angloamerikanischer Terrorbomber nannte. Über die letzten Wochen hatten wir allerdings ständig von Bombardierungen gelesen. Eine mehr oder weniger beunruhigte uns kaum mehr.

Es vergingen fast drei Wochen, bis ich in der ›Neuen Zürcher Zeitung‹ unter der Überschrift *Die Katastrophe von Dresden* las, dass die Stadt von den Bombern völlig zerstört, niedergebrannt und unter der Bevölkerung ein schreckliches Blutbad angerichtet worden sei. Wir wussten, dass Elsa und ihr Mann Carl vor dem Krieg in Flöha das Bahnhofsrestaurant übernommen hatten. Aber der Rest der Familie, nahmen wir an, hielt sich weiterhin in Dresden auf. Die Ungewissheit, wie und ob sie die Angriffe überlebt haben, war schlimm und schwer zu ertragen.«

Auf dem Platz vor dem Haupteingang zum Bahnhofsgebäude verlangsamte der Schweizer seinen Schritt. »Ich würde gerne durch den Bahnhof gehen. Das stattliche Gebäude gefällt mir und lässt die Zeiten, in denen Minna und ich in dieser Stadt einen Neuanfang wagten, wieder lebendig werden«, sagte er, und der Gast erwiderte: »Dieser Bau erinnert mich an eine Basilika, und mit der Uhr über dem Eingang«, er zeigte mit der Hand auf das imposante Portal, »wird uns unsere Vergänglichkeit unter die Nase gerieben.«

Die beiden setzten ihren Spaziergang fort, und der Hotelier nahm den Faden wieder auf. »Jeden

Freitag hörte ich am Landessender die Weltchronik von Professor Rudolf von Salis. Dieser verstand es, in 15 Minuten die Kriegsereignisse verständlich zu erklären und politisch einzuordnen. Drei Wochen nach den Ereignissen, also im März, erwähnte er eine neue Kriegsphase, in der nun auch Deutschland eigene Flüchtlingskolonnen und Kriegsleiden erdulden müsse. Dann sprach er über die Katastrophe der sächsischen Hauptstadt, die innerhalb von drei Tagen buchstäblich ausradiert worden sei.

Von Minnas Hausverwalter, Dr. Walter Gräf, erhielten wir Mitte April eine Postkarte mit den Worten, dass das Haus an der Sedan-Straße 1 beim englischen Terrorangriff vernichtet wurde und er die Schadensregelung so bald wie möglich an die Hand nehmen wolle. Die Karte war mit mehreren Stempeln versehen. Sie war mehr als einen Monat von Dresden nach Luzern unterwegs gewesen!«

Der Engländer wollte sich davor bereits einmischen, nun sah er eine gute Gelegenheit dazu. »Ob es ein Terrorangriff oder eine verhältnismäßige Reaktion war, kann ich nicht beurteilen. Mich treibt insbesondere die Frage um, ob die Kriegsführung über die Anwesenheit der Flüchtlingstrecks informiert war und den Tod dieser Menschen wissentlich in Kauf genommen hatte. Ich hoffe, darüber irgendwann die nackte Wahrheit zu erfahren.«

»Halt!«, äußerte sich der Senior mit lauter Stimme, um die Hintergrundgeräusche unter der großen

Kuppel zu übertönen. Dabei bedachte er nicht, dass auch sein Wort vom Hall verstärkt werden würde.

Der Brite stoppte erschrocken und warf einen ängstlichen Blick auf den Gesprächspartner.

»Archie, tut mir leid! Ich war jetzt wohl etwas zu barsch.«

»Kein Problem!«, und mit einem Lachen: »Auch der Hall erinnert an eine Kirche.«

»Nur der Geruch ist ein anderer«, erwiderte der Ältere augenblicklich. »Trotzdem bin ich der Meinung, die großen Bahnhöfe sind die Kathedralen der letzten Jahrhundertwende. Wie alt ist denn dieser Bau?«

»Etwas über 50 Jahre. Als ich 1892 nach Rom reiste, stand da ein hölzernes Stationsgebäude, und die Züge fuhren«, Emil Krebs zeigte mit ausgestreckter Hand Richtung Westen, »entlang der Pilatusstraße in den Bahnhof ein.«

»Dieses Gebäude verdeutlicht den damaligen Stellenwert und die Ausstrahlungskraft der Eisenbahn, die zur Entwicklung unserer Wirtschaft wesentlich beigetragen hat«, der Gast zögerte und bewegte seine Hände hin und her, »und damit zu einer Stütze des Industriezeitalters geworden ist.«

Als sie weitergingen, sagte der Hotelier: »Ich bewundere, wie Sie die deutsche Sprache meistern, aber eben vorher, als wir über Dresden diskutierten, bemerkte ich einen Ausrutscher. Sie erwähnten die nackte Wahrheit. In unserer Sprache kennen wir diesen Begriff nicht, bestenfalls sprechen wir von nackten Tatsachen. Für mich ist die Wahrheit nie nackt. Sie hüllt sich, so pflege ich zu sagen, in einen Mantel, oft in einen Mantel aus blauem Samt, und je nachdem, wo wir dessen Saum hochheben, erkennen wir eine andere Schattierung des Wahrseins.«

»Sie haben insofern recht, dass wir in der englischen Sprache diese Umschreibung auch nur selten verwenden, allerdings wird bei uns die Wahrheit oft entblättert.«

Inzwischen waren sie beim Hotel angekommen, der Schweizer legte seinen Mantel und der Brite seine grüne Lodenjacke in der Rezeption ab. Beide freuten sich auf das Gebäck und den Tee, dessen Duft sich im Salon ausgebreitet hatte.

Ohne es auszusprechen, nahm der Hotelier nach einem ersten Schluck an, dass er sich möglicherweise an den Geruch des Tees gewöhnen könnte, während Archibald Sharp seine Genugtuung über die Qualität des Lapsang Souchongs mit einem bestätigenden Kopfnicken zum Ausdruck brachte.

Die Herren setzten sich, und Archibald Sharp ergriff das Wort: »Lassen Sie mich ein paar Fakten, ein paar«, mit einem Augenzwinkern, »nackte Tatsachen über die Bombardierungen sagen. Verzeihen Sie mir dabei die formelle Sprache. Ich halte mich bei einem derart heiklen Thema gerne an durch Wiederholungen üblich gewordene Formulierungen.«

In einer schwungvollen Bewegung ließ er den Daumen seiner geschlossenen Hand aufspringen. »Erstens, die Mehrzahl der Verantwortlichen für die Kriegsführung sahen die Bombardierungen von deutschen Städten als Mittel, den Krieg zu verkürzen. Unter der Umschreibung *Moral Bombing* hoffte man, die Moral der Zivilbevölkerung zermürben zu können. Zweitens«, er ließ seinen Zeigefinger aufschnellen, »gab es innerhalb der Regierung und der Luftwaffe abweichende Stimmen. Auch die Amerikaner mahnten zu einer zurückhaltenden Vorgehensweise. Die hatten es allerdings einfacher, da sie ihre Angriffe bei Tage ausführten und somit eine höhere Zielgenauigkeit erreichen konnten. Wie wir wissen, legten die Amerikaner gegen Ende des Krieges ihre Bedenken ebenfalls beiseite. Ich denke da an die Atombombenabwürfe auf Nagasaki und Hiroshima.«

Nun zeigte der Gast drei Finger seiner Hand. »Wie bereits gesagt, fanden die Offiziere der Royal Airforce die Bombardierungen richtig, schließlich war man im Krieg, und der Feind hatte unsere Städte auch angegriffen. Einige wenige Piloten bereuten allerdings ihr Handeln, nachdem sie die Dimension der angerichteten Zerstörung erkannt hatten.

Schließlich«, nun schloss er die Hand und ließ sie auf den Oberschenkel fallen, »hier meine eigene Einschätzung dieser Kriegskampagne: Ob die gelegten Feuerstürme, ob das Auslöschen der deutschen

Städte verhältnismäßig war oder nicht, wird vermutlich nie geklärt werden, da Sieger, im Gegensatz zu den Verlierern, sich kaum je vor einem Kriegsgericht rechtfertigen müssen.«

Beide erhoben sich erleichtert, dieses Thema unbeschadet über die Runden gebracht zu haben. Nachdem sie zwei Stück Teegebäck mit Behagen verzehrt hatten, ließen sie sich wieder in ihre bequemen Sessel sinken.

Der Hotelier, mit gelockerter Körperhaltung, aber immer noch nachdenklicher Miene, sprach als Erster: »Die Sache mit der Wahrheit beschäftigt mich seit Jahren. Als Sie vor ein paar Minuten deren Entblößung erwähnten, erinnerte ich mich spontan an eine Skulptur im Japanischen Palais mit dem Namen ›Die Zeit enthüllt die Wahrheit‹. Ein Greis, wahrscheinlich Gott Chronos, steht im Begriff, einer annähernd nackten Frau ihren über den Kopf gelegten Schleier wegzuziehen.

Nun frage ich mich, welche Wahrheit dabei entblößt würde. Wäre das die nackte? Eher nicht! Wäre das die ganze? Wohl kaum!«

Der Senior hielt inne, dann fragte er seinen Gast, ohne eine Antwort zu erwarten: »Ob das in der Neustadt gelegene Japanische Palais die Bombardierungen überlebt hat?«, und nach einer weiteren Pause, »so, aber jetzt möchte ich gerne hören, wie Ihr Ausflug auf die Rigi verlaufen ist.«

Der Engländer holte Luft. »Das Thema zu wechseln ist eine gute Idee. Der Besuch der Rigi war … fantastisch, außergewöhnlich. Ich fuhr früh mit dem Schiff nach Vitznau und von dort mit der roten Zahnradbahn hoch bis Kulm. Zu Beginn waren wir noch im Nebel, den wir aber bald hinter uns ließen und uns am blauen Himmel wortwörtlich ergötzten. Oben angekommen, versuchte ich Luzern zu orten. Mir wurde gezeigt, wo ich suchen müsse, aber mein Blick konnte nirgends durch die Nebeldecke dringen. Die Schneeberge strahlten, speziell die Kuppe des Titlis, und weiter hinten sah ich die schwarze Wand des Eigers. Nicht dass ich die Berge kennen würde, aber mithilfe eines ausgestellten Panoramas fand ich mich gut zurecht. Vor dem Mittagessen machte ich mich zu Fuß auf den Weg nach Kaltbad, wo ich ein währschaftes Mahl serviert bekam. Vor zwei Uhr setzte ich mich wieder in die Bahn mit dem Ziel, pünktlich zu unserem Gespräch einzutreffen.«

In diesem Moment traten zwei englisch sprechende Herren in den Raum, machten in der Ecke eine Stehleuchte an und setzten sich in die Sessel. Der eine sagte, er habe den Duft von Rauchtee in der Nase.

Der Hotelier schnappte diese Bemerkung auf und fragte die Gäste in ihrer Sprache, ob sie eine Tasse Lapsang Souchong genießen möchten. Als diese erfreut nickten, erhob er sich aus dem Sessel, ging kurz zur Rezeption, kam zurück und sagte unter der

Türe: »In zwei, drei Minuten wird neuer, heißer Tee serviert.«

Gleich nachdem die Saaltochter frisch aufgebrühten Tee hereingebracht und eingeschenkt hatte, nahmen die Gespräche an beiden Tischen wieder Fahrt auf.

Archibald Sharp kratzte sich mehrmals am Arm. »Sie erwähnten, dass die Karte vom Anwalt einen Monat unterwegs war. Wie war das denn vor Kriegsausbruch? War ein regelmäßiger Austausch innerhalb der Familie noch möglich?«

»Der Briefverkehr mit den Geschwistern war aus verschiedenen Gründen schleppend. Man konnte und wollte sich, außer Grußzeilen, nichts mitteilen. Minna sagte einmal: ›Die haben alle Kreide gefressen.‹ Daran war das politische System schuld. Allerdings gab es noch einen zusätzlichen Grund. Die Familie war wegen des Erbes meines Schwiegervaters aneinandergeraten.«

»Was war denn vorgefallen?«, erkundigte sich der Gast.

Emil Krebs richtete sich auf. »Andreas Mirtschin starb im März 1919. Elsas Nachricht erreichte uns am folgenden Tag in der Frühe. Obgleich die Verbindung sehr schlecht war, verstanden wir sofort, um was es ging. Minna und ich reisten nach Jahren wieder nach Dresden.

Viele Bekannte und Freunde kamen zum Begräbnis. Sie zu sprechen machte Freude, auch wenn der

Anlass ein trauriger war. Wir begleiteten den Sarg zum Trinitatis-Friedhof in der Johannstadt. Mein Schwiegervater hatte dort eine Familiengruft, die nach wie vor existiert, gekauft.

Innerhalb der Familie sprach man kurz über den Erbgang. Andreas Mirtschin hatte testamentarisch verfügt, welches Haus wem zugeteilt wird, wobei Henriette, seine Frau, die Nutznießung behalten sollte. Minna wurde mit dem Mehrfamilienhaus an der Sedan-Straße bedacht. Das Elternhaus an der Lindenaustraße 20 ging an Frieda, die dort bereits das Geflügelgeschäft übernommen hatte.

Der bereits erwähnte Rechtsanwalt Gräf, der meinen Schwiegervater schon oft juristisch vertreten hatte, wurde mit der Ausarbeitung der Erbfolge betraut. Dass dann zehn Jahre verstreichen würden, war nicht vorhersehbar. Während dieser Jahre häuften sich kleine Begebenheiten, die in der Summe letztlich als Ungerechtigkeit empfunden wurde. Beispielsweise schenkte Henriette ihren lebenden Kindern einen fixen Betrag an Geld, ohne den Stamm der verstorbenen Ida zu berücksichtigen. Ein anderes Beispiel. Frieda hatte die Führung des Geschäftes übernommen. Da dieses immer weniger Ertrag abwarf, wurde sie von den Mietzahlungen für die Geschäftsräume und ihre Wohnung entbunden.«

Der Senior hatte die letzten Sätze in Gedanken versunken gesprochen. Er klopfte mit der offenen Hand mehrmals sanft auf die Sessellehne. »1929 einigte man sich darauf, die unterschiedlichen Werte der einzelnen Liegenschaften mit Ausgleichszahlungen in Form von gegenseitigen Hypotheken auszugleichen.

Henriette starb 1931, und damit war der Erbgang abgeschlossen, und die Animositäten hätten sich legen können. Nur, der nächste Ärger ließ nicht lange auf sich warten. Frieda, inzwischen verwitwet, vernachlässigte ihr Geschäft derart, dass sie ihren Verbindlichkeiten nicht mehr nachkommen konnte, was letztlich zu einer Zwangsversteigerung des Hauses, notabene Minnas Elternhaus, führte.

Zum Grab meiner Schwiegereltern trugen die Verwandten Sorge. Es ist eine schöne Gruft mit einem aus Sandstein geschlagenen Jesus in einem langen wallenden Gewand, der auf das Grab herunterblickt. An der Rückwand hängen verschiedene Grabplatten aus Basalt. An den eingemeißelten Grabspruch kann ich mich nicht erinnern, aber an das Wort *Privatus,* das als Teil seiner Lebensdaten aufgeführt wird.«

Der Gast schürzte seine Lippen. »Was bedeutet diese Bezeichnung?«

»Die Bezeichnung ist mir in Erinnerung geblieben, weil ich sie noch nie auf einem Grabstein gelesen hatte. Ich nehme an, man wollte damit kundtun, dass er als Privatmann ohne öffentliches Amt dahingegangen ist.«

»Aus Ihrer Beschreibung schließe ich, dass Sie das fertige Grab selber gesehen haben. Sind Sie nach dem Begräbnis nochmals hingefahren? Kamen die Verwandten auch zu Besuch nach Luzern?«

»Ja, beides. Elsa besuchte uns im Sommer 1924 in Luzern. Sie und Minna standen sich immer, auch während der Erbstreitigkeiten, nahe. Dann fuhren Minna und ich 1934 nochmals nach Sachsen. Wir blieben kurz in Dresden und reisten anschließend mit Käse's Autorundfahrten nach Berlin und Potsdam. Ich hatte das Schloss Sanssouci noch nie gesehen und freute mich darum auf diese Reise. In Berlin fielen uns die Eisdielen auf. So was kannten wir nicht. Und dann die öffentlichen Fernsprechkabinen mit den emaillierten Schildern. Ich glaube, da stand drauf, dass man sich kurz fassen soll. In Luzern gab es auf der Hauptpost Telefonhäuschen, aber keine im öffentlichen Raum. Das mag damit zusammenhängen, dass das Amt in Luzern damals noch ausschließlich von Hand vermittelte. Die Umstellung auf eine halbautomatische Zentrale muss jedoch kurz danach erfolgt sein, denn Ende der 1930er-Jahre schafften wir für unser Hotel eine klobige Haustelefonzentrale der Firma Greller an, die von der PTT mit drei Amtsleitungen ausgerüstet wurde.«

»Mit PTT meinen Sie die Telefonfirma?«, fragte der Gast.

»Richtig, das ist der Betrieb des Bundes, verantwortlich für Post, Telefon und Telegrafie«, bestätigte der Hotelier.

Während der entstehenden Pause warf der Senior einen Blick auf die Ober- und Unterseite seiner rechten Hand. Dann begann er von Neuem: »Verzeihen Sie, ich möchte, nein, ich muss nochmals zu der Zeit der Kapitulation vorspringen. Minna schrieb damals gleich an das Bahnhofsbuffet in Flöha, ohne eine Antwort zu erhalten. Erst ein Jahr später, im April 1946, erhielten wir eine Nachricht von Carl. Er nahm keinen Bezug auf Minnas Brief, ließ uns aber wissen, dass es ihnen den Umständen entsprechend gut gehe. Umgehend sandten wir Pakete mit Esswaren und Kaffee, ohne je ein Wort des Dankes zu erhalten. Ich muss annehme, dass diese Pakete von den Behörden der Ostzone konfisziert wurden und die Esswaren einen anderen Abnehmer gefunden hatten.

Auf der Rückseite des Briefes hatte Elsa mit zittriger Hand geschrieben, sie frage sich, für was sie denn gelebt und gearbeitet habe, da doch alles vergebens war. Und weiter, dass sie hoffe, uns noch einmal zu sprechen.

Als Minna dies las, zog sich ihre Brust zusammen, und sie begann bitterlich zu weinen. Nicht zum ersten Mal. Auch die in illustrierten Zeitungen abgebildeten Bilder des ausgebombten Dresden waren für sie schwer zu ertragen. Beispielsweise der Blick des Engels auf die vereinzelten Hausfassaden, die wie bittende Hände oder Fratzen aus den Trümmern emporragten. Oder das Bild der Ruine der Frauenkirche mit dem im Vordergrund fast unversehrt auf einem Sockel stehenden Luther.«

Die Unterhaltung der Gäste am Nachbartisch hatte sich abgeflacht. Nun erhoben sie sich, würdigten mit anerkennenden Worten den Tee und verließen den Raum.

Der Senior wirkte kraftlos und sprach mit flacher Stimme: »Minnas Lebensflamme wurde stetig kleiner. In einem unserer letzten Gespräche erkundigte sie sich, ob ich an Gerechtigkeit glaube, und ohne eine Antwort abzuwarten, stellte sie die rhetorische Frage: ›Warum haben die denn mein Dresden kaputtgebombt? War denn der Krieg nicht bereits entschieden?‹ Und weiter: ›Trotz allen zugefügten Ungerechtigkeiten sind wir den Amerikanern und Briten für die Befreiung vom Faschismus unendlich dankbar. Das ist gut so. Nur, was ist mit den Russen? Ihnen hat hier niemand Danke gesagt. Die werden nur schlecht gemacht, dabei bezahlten sie den größten Blutzoll, und ohne die sowjetischen Armeen hätte Hitler wohl kaum besiegt werden können.‹

Ja, ja, und am Abend des 22. Januar, vor zweieinhalb Jahren, ohne Adieu gesagt zu haben, schlief sie neben mir ein und erwachte nicht mehr.«

Archibald Sharp fragte mit ruhiger Stimme: »Möchten Sie das Gespräch für heute beenden? Mir käme ein Unterbruch auch gelegen, da ich mich ermattet fühle; bereits am Nachmittag bin ich in der Bahn von Kaltbad runter eingeschlafen.«

»Wegen dieses Nickerchens sollten Sie sich keine Sorgen machen. Dies ist eine ganz normale Reaktion. Was ich noch sagen wollte. Wally würde Sie morgen gerne auf die Zinne begleiten. Irgendwann am Vormittag.«

Der Engländer schaute sein Gegenüber mit großen Augen an, worauf dieser sich aus dem Sessel hochstemmte und ihm einen freundlichen Klaps auf die Schulter gab: »Das Wort Zinne verwenden wir im Dialekt für eine Dachterrasse.«

Emil Krebs bemerkte beim Verlassen des Salons das nicht aufgegessene Teegebäck, ergriff kurzerhand den Teller und brachte die restlichen Scones, zur Freude der Angestellten, zur Speiseausgabe.

Luzern, Sonntag,
1. Oktober 1950
Nebel bei 1000 m;
wenig Sonne; Luft
(12:30) 14°C

Emil Krebs und sein Sohn Arno hatten vereinbart, sich um 10 Uhr in der Rezeption zu treffen, um gemeinsam zum Abstimmungslokal zu gehen und ihre Stimme gegen die Jungbauern-Initiative in die Urne zu legen. Als sie das Hotel verließen, beide in einem dunkelblauen Gabardinemantel und mit aufgesetztem dunkelgrauem Hut, blickten die Töchter des Hauses hinterher, und Hilde Krebs kommentierte: »Hat es nicht etwas Feierliches, wenn Papa und Arno zur Urne gehen?«

Wally Souvoroff hatte ihren Blick bereits auf die Zeitung geworfen, die aufgeschlagen auf dem Tisch lag. Sie bemerkte die Überschrift des ganzseitigen Beitrags über das Weinland am Léman und wandte sich mit strahlendem Blick an ihre Schwester: »Hilde, erinnerst du dich! Vor einem Jahr sind wir unserem kleinen Bruder mit dem Zug auf den Mont-Pèlerin nachgereist, dort durch die Rebberge spaziert, haben den Winzern bei der Weinernte zugeschaut und sind abschließend zu einem Glas Weißwein eingekehrt? Wir sollten ihn und seine Frau Olga fragen, ob sie wieder dorthin fahren und wir uns anschließen können.«

Hilde, mit erhobenen Händen: »Du kennst mich. Wenn ich mal dort bin, genieße ich die Ferien, speziell in diesem exzellenten Hotel. Wie war noch der Name?«

»Hotel du Parc oder so«, antwortete die Schwester.

»Richtig. Aber du kennst auch mein Problem mit meiner nervösen Verdauung vor einer Reise, und ich frage mich, ob ich mir dies antun soll oder nicht besser zu Hause bleibe.«

Darauf antwortete die Schwester: »Du musst dir das Ziel und nicht den Weg dorthin vor Augen halten.«

»Ja, lass gut sein! Bevor unser Bruder mit Frau und Sohn zum Mittagessen kommen, möchte ich mir eine Übersicht über unsere Buchhaltung für den Monat September verschaffen.«

16:30 | 8. Teegespräch

Der Hotelier saß lange vor der vereinbarten Zeit im Salon, um am Radio die Resultate der Abstimmung zu vernehmen. Da die Auszählungen in einzelnen Kantonen schleppend verliefen, war das Resultat erst in ein bis zwei Stunden zu erwarten. Der Landessender brachte neben volkstümlicher Musik einen Bericht über den Grand Prix Suisse, ein Radrennen mit internationaler Beteiligung, das seit 1914 im Raume Zürich ausgetragen wird. Wenn er richtig gehörte hatte, wurde der junge Hugo Koblet, dessen selbstsicheres Auftreten ihn beeindruckte, kurz vor dem Ziel vom Vorjahressieger Fritz Schär abgefangen. Während der Senior dem Radio lauschte, kam die Saaltochter mit Tee und Gebäck, und der Hilfsportier bemühte sich, das Feuer im Kamin anzumachen.

Das Holz im Cheminée loderte bereits kräftig, als Archibald Sharp eintrat. »Schön, Sie zu sehen«, sagte er zum Gastgeber, »mit dem Aufstieg zur Dachterrasse hat ein ereignisreicher Tag begonnen. Bevor ich mich auf die steile Leiter wagte, folgte ich dem Duft von frischer Wäsche. In einem Wirtschaftsraum sah ich, wie eine Frau Bettwäsche abhängte und diese vorsichtig in die rollenden Holzwalzen einer Presse einführte.«

Der Seniorchef hob seine rechte Hand, um Archibald vom Weiterreden abzuhalten. »Eine Presse? Kann man so beschreiben. Wir sprechen von einer Mangel.«

»Dann nahm ich die Leiter in Angriff. Oben auf dem Dach angekommen, genoss ich den Rundblick über die Stadt. Ich erinnerte mich an Ihre Beschreibung und konnte so die einzelnen markanten Bauten ausmachen. Dann begannen in der Nachbarschaft die Kirchenglocken zu läuten. Ganz schön laut, muss ich sagen. Ihre Tochter erklärte mir nach dem Abklingen, dass ich das Ausläuten des Gottesdienstes der Lukaskirche gehört hatte«, und mit einem Augenzwinkern: »Leider hat das Geläute den Hochnebel nicht vertrieben.«

»Sehr schade«, lachte der Gastgeber, »ansonsten hätten Sie die weiße Kuppe des Titlis nochmals sehen können.«

Die beiden Herren bedienten sich mit Tee und Scones und setzten sich vor das offene Feuer, wo der Engländer seine Erzählung fortsetzte: »Später, gegen Mittag, ich war gerade im Begriff, das Haus zu verlassen, machte ich die Bekanntschaft mit Ihrem jüngeren Sohn. Ich war erstaunt, dass er mich als Briten erkannte und ohne zu zögern Englisch sprach. Übrigens, ich kann mich nicht erinnern, dass Sie seinen Namen je erwähnten.«

»Na, ich war der Meinung, ich hätte ihn im Zusammenhang mit dem Uhrmacher Wagenbach genannt«, erwiderte der Senior, »denn mein Sohn arbeitet in dessen Juweliergeschäft, wo er vor wenigen Monaten zum Verkaufsleiter befördert wurde. Bei der Arbeit trägt er ausschließlich elegante Zweireiher mit weißem Hemd und Krawatte.«

167

»Also ganz anders als heute, wo ich ihn mit einem über die Achseln gelegten beigen Pullover antraf«, bemerkte der Brite.

»Richtig! Sie sollten seine an Werktagen um den blütenweißen Kragen gebundenen«, er nickte anerkennend mit dem Kopf, »Seidenkrawatten sehen. Die steifen, mit Stoff überzogenen Kragen aus Karton knüpft er an die Hemden.

Mein Sohn trägt meinen Namen, er ist ein Nachzügler, der 1914 hier in Luzern zur Welt kam. In der Familie nannten wir ihn von Beginn an Bubi. Ja, ich bin stolz auf ihn, denn er respektive seine charmante, liebe Olga schenkte uns vor sieben Jahren einen von allen verwöhnten Enkel. Bubi besitzt auch ein

Auto. Vielleicht haben Sie den vor dem Hotel abgestellten schwarzen Peugeot gesehen?«

Archibald nickte bejahend. »Ja, beim Verlassen des Hauses habe ich einen Peugeot 202 bemerkt. Dieses Modell ist wegen der zwei eng beieinanderliegenden, hinter dem Kühlergrill platzierten Scheinwerfer nicht zu übersehen.«

»An den Sonntagen kommt Bubi mit Olga und dem Enkel oft zum Mittagessen. Dann stößt auch noch Arnos Freundin, das Fräulein Morf, dazu, und Wally kocht etwas Spezielles. Heute gab es Sauerbraten mit Kartoffelknödel nach Dresdner Art.

Leider ging dann alles drunter und drüber. Der Enkel erspähte im Schrank, wo wir die Tischwäsche lagern, auf dem obersten Regalbrett eine Flosse der ausgestopften Meeresschildkröte, die ich als Andenken aus Ägypten mitgebracht hatte. Er öffnete unbemerkt die verglaste Schranktür, stellte sich auf einen hingeschobenen Stuhl und versuchte hochgestreckt, so nehme ich an, die Flosse zu ergreifen. Vermutlich verlor er dabei das Gleichgewicht und stürzte mitsamt dem ausgestopften Tier zu Boden. Schreckensschreie hallten durch den Speisesaal. Der Junge blieb glücklicherweise unversehrt, aber vor Schreck begann er bitterlich zu weinen und am Knie klaffte ein Riss in den grau gesprenkelten Knickerbockers. Die Schildkröte, die ich schon lange entsorgt glaubte, lag in einzelne Teile zerbrochen auf dem Boden, und ein beim Aufschlag freigesetztes, weißliches Pulver hatte sich wie Asche bis auf den roten Teppich verstreut.«

Archibald Sharp äußerte sich mit fürsorglicher Stimme: »Sie wissen, dass die … die … jetzt fällt mir kein anderes Wort als das englische Taxidermist ein.«

»Sie sprechen von einem Tierpräparator, wobei ich das Wort Taxidermist in unserer Sprache auch schon gehört habe.«

»Ah, interessant! Sie wissen, dass die Taxidermisten Arsenik als Insektizid verwenden? In Europa jedenfalls, in Ägypten weiß ich nicht. Auf jeden Fall ist es wichtig, alle Reste sauber zu entsorgen und den Teppich gründlich zu reinigen.«

In diesem Moment bemerkten die Gesprächs-partner Arno Krebs unter der Tür stehen. »Entschuldigt die Störung!«, tat er, mit den Händen aufgeregt gestikulierend, kund: »Ich habe gerade einen Anruf vom Büro des Großen Rates erhalten. Das Volksanliegen der Jungbauern im Kanton Luzern wurde mit 85 Prozent Nein-Stimmen abgeschmettert.«

»Na, so was!«, rief der Vater sichtlich überrascht. »Die Höhe der Ablehnung erstaunt mich. Nun, lass uns hoffen, dass die anderen Kantone ähnliche Resultate aufweisen.«

Als Emil Krebs zwei Buchenscheite in den Kamin legte, fragte der Gast beiläufig: »Wie viele Enkel haben Sie?«

»Leider nur den einen. Meine anderen Kinder sind nicht verheiratet.«

Der Brite stutzte. »Das verstehe ich jetzt nicht. Und was ist mit Frau Souvoroff?«

»Sie ist verwitwet.«

»Verwitwet?«

»Ja, meine Tochter hatte sich anfangs der Dreißigerjahre Hals über Kopf in Alexander Fedorowitsch Souvoroff, ein Staatenloser aus Sankt Petersburg, den sie hier in Luzern kennengelernt hatte, verliebt. Sie und Sascha, so nannte sie ihn, waren voller Leidenschaft. Es war Liebe auf den ersten Blick. Nein, viel mehr, es war eine Amour fou. Wir wollten seinen Beruf und den Grund seiner Emigration erfahren. Er sei Journalist, antwortete sie uns. Aha, ein Schreiberling, möglicherweise ein Anarchist.

Im Sommer 1932 reiste Wally für uns völlig überraschend nach Madrid, vielleicht Malaga.

Wir versuchten uns mit den Worten«, Emil Krebs bewegte erregt seine Hände, »Wally ist erwachsen und muss selber wissen, was für sie gut ist, zu beruhigen.

Für die Heirat kamen die beiden Ende 1933 kurz nach Luzern. Eine Schweizerin, die einen Ausländer heiratet, geht des schweizerischen Bürgerrechtes, amtssprachlich ausgedrückt, verlustig. Dies galt damals und ist heute immer noch so. Wally hatte insofern Glück, dass sich die Behörden bei der Umsetzung dieser Verordnung aufgrund Saschas Staatenlosigkeit nachsichtig zeigten.«

»Ich wurde in London«, nahm der Gast den Faden auf, »darauf hingewiesen, dass die Schweiz bezüglich Frauenrechte, entschuldigen Sie den Ausdruck, rückständig sei. Dass Frauen bei einer Heirat mit einem Fremden das Bürgerrecht verlieren, empfinde ich als starken Tobak. Im Vereinigten Königreich wurde diese diskriminierende Behandlung bereits 1932 eliminiert. Wie steht es denn in der Schweiz mit anderen Frauenrechten? Gehe ich richtig in der Annahme, dass Frauen kein Stimm- und Wahlrecht besitzen?«, fragte der Engländer, und der Schweizer antwortete: »Ja, das ist so. Wir sind der Meinung, dass ein Stimmrecht für Frauen gar nichts bringt, abgesehen davon legen die meisten Frauen keinen Wert auf dieses Recht. In den 1920er-Jahren brachten linke Kreise in einigen Kantonen wie Zürich, Genf, Basel, Neuenburg etc. das Frauenstimmrecht an die Urne. Das Volk verwarf das Anliegen überall deutlich.«

»Darf ich fragen, was Sie unter dem Volk verstehen?«, hakte Archibald Sharp nach.

»Das Volk sind alle, die zur Abstimmung gehen.« Bevor er weitersprechen konnte, wurde er unterbrochen.

»Hhm, ich schließe daraus, dass das Volk in diesem Fall ausschließlich männlich ist und«, nach einer kurzen Pause, »die Frauen somit Bürger zweiter Klasse sind, richtig?«

»So habe ich das noch nie erklärt bekommen. Wir argumentieren, dass eine klare Arbeitstrennung zwischen Frau und Mann, zwischen Haus und Beruf, zwischen Herd und politischen Aktivitäten für alle von Vorteil sei. So war es schon immer! Und wir können es uns nicht anders vorstellen, wohl wissend«, der Senior presste die Lippen aufeinander und nickte mehrmals mit dem Kopf, »dass im Ausland, wo Frauen das Stimm- und Wahlrecht besitzen, die Welt nicht untergegangen ist.«

Der Senior stand auf, machte ein paar Lichter im Salon an, schenkte seinem Gast und sich Tee ein und setzte sich wieder: »Zurück zu Wally. Ihre Ehe erlitt Schiffbruch, 1935 kam sie alleine in die Schweiz zurück. Sie und Hilde vereinbarten, wie vor der Eskapade, im gleichen Zimmer, oben im 4. Stock, zu leben. Von Sascha hörte sie kaum etwas. Im November 1940 soll er an Bord eines Frachters von Spanien nach Buenos Aires geflüchtet und dort wenige Monate später verstorben sein.«

»Well, well«, sagte der Gast, »dass die beiden Töchter ein enges Verhältnis haben, ist nicht zu übersehen. Ihre Gestik und Sprache erinnern mich an das Gebaren eineiiger Zwillinge. Hat Ihre Tochter sich zu den Gründen des Scheiterns geäußert, und wie steht es mit Hilde und Arno?«

»Wally hat sich nie groß erklärt. Einmal sagte sie, dass sie voller Leidenschaft im Meer der Liebe untergegangen sei. Ich habe weitergebohrt, aber sie behält ihre Erlebnisse für sich. Hilde ist in dieser Beziehung anders, viel offener, dafür auch verletzlicher und immer bemüht, niemanden vor den Kopf zu stoßen. Sie hatte eine Romanze mit einem Deutschen, dem großen, leicht schief gewachsenen Herrn von der Buche. Er erlitt im Großen Krieg als junger Mann einen Magendurchschuss und musste danach andauernd auf seine Kost achten. Hildes Verliebtheit wurde leider nicht erwidert. Trotzdem blieben sich die beiden nah. So nah, dass Hilde später die Patenschaft seines einzigen Kindes übernahm.

Arnos Beziehung mit Fräulein Morf ist für mich voller Geheimnisse. Obgleich die beiden derart unterschiedlich sind, oder vielleicht gerade darum, verstehen sie sich so gut. Sie ist von sehr kleiner Statur, aber immer elegant gekleidet mit extravagantem Hut und Lederhandschuhen. Die Hüte sind einmal groß, einmal klein, einmal farbig, einmal mit oder ohne Schleier. Da sie ein eigenes Hutgeschäft betreibt, kann sie aus ihrem Fundus schöpfen. Meine Töchter mögen sie nicht. In ihrer Abwesenheit nennen sie sie ›Die Morf‹, was alles andere als entgegenkommend ist. Bubi und Olga sprechen sie mit ihrem Vornamen an, und für mein Enkelkind ist sie das kleine Tantchen.«

In diesem Augenblick ging die Stimme des Berichtenden im Lärm eines sich nähernden Motorrads unter. Der Fahrer ließ den Motor nach dem Anhalten noch dreimal im Leerlauf aufheulen, um anschließend die Durchfahrt zum Hof zu passieren. Archibald machte ein erschrockenes Gesicht, und sein Gegenüber bemerkte lakonisch, nachdem sich die sonntägliche Stille wieder ausgebreitet hatte: »Das ist der junge Mann von nebenan mit einem Motorrad der Marke Motosacoche.«

»Diesen Typ Motorrad kenne ich nicht«, ließ der Brite verlauten.

»Bis vor dem Krieg waren diese in Genf hergestellten Motorräder sehr bekannt und beliebt.«

»Von dem jungen Mann, der mit seinem Motorrad eine Ausfahrt machte«, der Engländer wippte mit dem Fuß, »zur Einschulung Ihrer Kinder in dieser Stadt. Gab es Probleme?«

»Nein, eigentlich nicht. Alle gingen ins Säli-Schulhaus. Dem kleinen Arno schenkten wir an seinem ersten Schultag eine große, farbige Zuckertüte mit gelber Seidenschleife, wie wir das in Dresden für die anderen Kinder gemacht hatten. Allerdings mussten wir nachträglich feststellten, dass diesem Brauch hier nicht gehuldigt wird.

Die Mädchen jammerten wegen der Sprache. Ich war überzeugt, dass sie in der Schule und auf dem Heimweg den lokalen Dialekt und zu Hause Hochdeutsch sprachen. Dem war aber nicht so. Wohl aus Identifikation mit ihrer Mutter weigerten sie sich, Mundart zu lernen. Und dies bis heute!«

Dann wandte sich der Hotelier, während er einen Schluck Tee nahm, dem Gast zu und fragte: »Was haben Sie heute Nachmittag unternommen?«

»Ich bin, wie vor einer Woche, bis zum Ende des Quais flaniert, dann habe ich entlang den Pappeln auf die Ausfallstraße gewechselt und bin auf dieser weiter bis zum Strandbad gegangen. Dort folgte ich einem schrillen Pfeifton, bis ich mitten im Schilfland vor einer von vielen Kindern umlagerten Garten-Eisenbahn stand. In dem von einer Dampflok gezogenen Zug hatten pro Wagen zwei Personen Platz.«

Emil Krebs lachte herzlich: »Diese Bahn ist jeden Sonntag eine beliebte Attraktion für Groß und Klein. Mir gefällt sie auch.«

»Da wir von Dampfloks sprechen, heute Morgen, als ich aus meinem Zimmerfenster heraus die Anordnung der Geleise studierte, ist mir aufgefallen, dass ich auf dem ganzen Areal weder eine Dampf- noch eine Diesellok sehen konnte. Bei uns in London fährt die U-Bahn elektrisch, aber ansonsten sind nur wenige Strecken elektrifiziert.«

Der Senior setzte sich auf und trommelte mit seinen Finger auf der weichen Sessellehne, als ob er das Geräusch eines galoppierenden Pferdes imitieren wollte. »Sie haben mich bei meinem Steckenpferd erwischt. Ich bin ein Eisenbahnnarr und könnte jetzt lange und ausführlich über die Elektrifizierung unserer Bahnen sprechen. Da ich Sie nicht langweilen möchte, nur so viel: Das Netz der Schweizerischen Bundesbahn wird durchwegs mit Strom betrieben. Die interessanteste Strecke, deren Umstellung ich selber verfolgen konnte, ist die Gotthardlinie.

Da während des 1. Weltkrieges die Bahn nicht genügend Kohle von akzeptabler Qualität beschaffen konnte, fällten die Bundesbahnen den Entscheid, auf Elektrizität umzustellen. Dafür wurden in den Bergen zwei Wasserkraftwerke gebaut, die dann ab 1921 erlaubten, zwischen Erstfeld und Biasca«, der Erzählende beschrieb mit seiner rechten Hand eine Welle, »zwischen Anfang und Ende der Rampen, die zum Tunnel hochführen, mit Strom zu fahren.

Die ersten Elektroloks wurden ausschließlich für die Schnellzüge verwendet, und um Funkensprünge bei den durch den Rauch verdreckten Isolatoren zu verhindern, konnten die Loks anfänglich nur mit halber Spannung fahren. Erst nach dem Kauf der bewunderten, ja geliebten Krokodile fuhren auch die schweren Güterzüge mit Elektrizität.«

Archibald Sharp machte große Augen und fragte ungläubig: »Krokodile?«

»Krokodile sind in diesem Fall dreiteilige Loks, die mit Führerstand und beidseitig langem Motorvorbau eine Ähnlichkeit mit diesem Reptil besitzen.«

Der Brite hatte eine solche Lok nie gesehen.

»Im Bahnhof Luzern fahren keine Güterzüge. Um diese Loks zu sehen, müssten Sie die Gotthardlinie befahren. Waren Sie dort bereits?«

Archibald Sharp schüttelte verneinend den Kopf.

»Von Flüelen, das Sie kennen, führt das Trassee bald in das enge Reusstal hinein. Ich finde es jedes

Mal eindrücklich, wie die Bahn mit Schleifen und Kehrtunnels dort an Höhe gewinnt. Berühmt ist die Kirche von Wassen, die man bei der Fahrt mehrmals aus unterschiedlicher Höhe erkennen kann«, der Senior hatte bei seinen Ausführungen seine Arme stufenweise höher und höher gehoben, bis ihm Kleingeld aus der Hosentasche fiel. Ein paar wenige Münzen nur, aber er ärgerte sich über seine Nachlässigkeit, das Geld nicht in seinem ledernen Geldsäckel verstaut zu haben.

Auf dem mit rotem, braunem und weißem Wollfaden geknüpften Perserteppich konnte er das angelaufene Metallgeld nicht erkennen. Als der Gast den Kopf niederbeugte und nach dem Geld griff, glaubte er den Geruch von Schafwolle und orientalischem Garten zu riechen. Aber vielleicht wurde seine Nase auch nur durch eine Fehlleistung des Gehirns, hervorgerufen durch den Anblick der satten Farben des Teppichs, in die Irre geleitet.

Als er das aufgehobene Kleingeld übergab, sagte er: »Nebenbei bemerkt, gestern habe ich eine Antwort auf meinen Brief an den Augenarzt in Bad Eilsen erhalten. Er hat sich große Mühe gegeben und die Krankheit im Detail erklärt. Es handelt sich, das wissen Sie bereits, um eine im Alter oft vorkommende Trübung der Augenlinsen. Im Fachjargon Katarakt oder eben Grauer Star genannt.

Eine Heilung ist nicht möglich, aber heute können in einer Operation die Linsen ersetzt werden.

Diesen Eingriff, so schreibt mir mein Freund, haben bereits die Perser, allerdings mit sehr bescheidenen Erfolgen, ausgeführt. Mit einer stumpfen Nadel wurde die verhärtete Linse in den Augapfel gestoßen. Der Patient konnte danach wieder Konturen erkennen. Meist entzündete sich dabei das Auge derart, dass der Patient total erblindete.

Mit besserer Hygiene, feineren Methoden und dem Einsetzen von Glaslinsen ist die Erfolgsrate in diesem Jahrhundert angestiegen. Der große Durchbruch wurde mit leichteren Kunstlinsen aus Plexiglas erreicht. Und jetzt wird es richtig interessant. Der Gedanke, Linsen aus Kunstglas zu verwenden, kam den Ärzten bei der Behandlung von Bomberpiloten, in deren Augen bei Einsätzen über Deutschland Splitter von zerborstenen Flugzeugscheiben eingedrungen waren. Die verletzten Piloten klagten überraschenderweise kaum über Augenreizungen. Bill, so heißt mein Bekannter, ermuntert Sie, am lokalen Augenspital nachzufragen und eine Operation durchführen zu lassen.«

Emil Krebs saß ruhig, leicht eingesunken auf seinem Stuhl. Nach einer Weile sagte er mit leiser Stimme: »Nachfragen kann man immer. Ob es was bringt?«

»Ich bitte Sie nachzufragen, oder geben Sie Arno den Auftrag, dies für Sie zu tun!«

Der Hotelier stand aus seinem Sessel auf und sagte unter der Tür: »Bitte entschuldigen Sie mich einen Moment.«

Als er gut gelaunt zurückkam, meldete er: »Meine Tochter hat mich über die Resultate der Abstimmung informiert. Alle Kantone haben die Vorlage abgelehnt. Die Stimmbeteiligung lag schweizweit bei 42 Prozent.«

»Verzeihen Sie, jetzt kann ich mir eine Bemerkung nicht verkneifen«, lächelte der Brite verschmitzt und schwenkte ein Blatt Papier, als wollte er die darauf verschriebene Tinte trocknen. »Um es auf den Punkt zu bringen: Bei dieser Stimmbeteiligung hat überschlagsweise eine Minderheit von 20 Prozent der Einwohner verbindliche Entscheide für die ganze Bevölkerung getroffen. Das hinterlässt einen faden Beigeschmack.«

Der Schweizer zögerte, dann entgegnete er: »Ich kann Ihrem Argument wohl folgen, lehne es aber ab, da Sie Stimmbeteiligung und Frauenstimmrecht in den gleichen Topf werfen. Aber vermutlich werde ich den Beigeschmack von fad zu schal verstärken, wenn ich Ihnen sage, dass einige Politiker die Meinung vertreten, dass das Volk immer recht hat.«

»Amen! Mehr gibt es dazu nicht zu sagen«, erwiderte der Gast und lachte wieder.

»*Mir wei nid grüble,* was in meiner Mundart so viel bedeutet wie, lassen wir mal fünf gerade sein!«, bemerkte der Hotelier entgegenkommend und nach einer Pause: »Darf ich fragen, was Sie in Ihrer Hand halten?«

»Während Ihrer Abwesenheit habe ich eine Liste mit Geschenken etc., die ich morgen in der Stadt einkaufen will, geschrieben.«

»Morgen sind die Geschäfte geschlossen. Morgen ist St. Leodegar, ein offizieller Feiertag in der Stadt.«

»O weh!«, rief der Gast, »schlecht für die Geschäfte, und ich muss meine Planung umstellen.« Er wiegte den Kopf hin und her, dann fuhr er fort: »Apropos Geschäfte, wie hat sich das Hotelgeschäft während der Kriegsjahre entwickelt?«

Emil Krebs atmete durch. »Die Kriegsjahre waren nicht gut, klar. Aber ich sollte Ihnen wohl besser die Entwicklung beginnend mit der Übernahme des Hotels schildern. Zuerst mussten wir die Räume renovieren, neu streichen, neue Treppenläufer anschaffen, die Küche erneuern, die Portiers neu einkleiden und vieles andere mehr. Dann übten wir den Empfang der Gäste, und ich bestimmte, wann die Portiers am Bahnhof zu stehen hatten. Dabei konzentrierte ich mich auf die Gotthardstrecke, täglich sieben Schnellzüge und den Expresszug, der nur 1. Klasse-Wagen führte. Die Reisenden kamen nach der langen Reise aus dem Süden, von der Landesgrenze bis Luzern dauerte es über fünf Stunden, erschöpft an und schätzten jede Dienstleistung. Die Züge von Bern, Zürich und Basel hatten für mich zweite Priorität, weil deren Zahl größer war und ich nicht ständig einen Portier am Bahnhof stehen lassen wollte.

Der Tourismus blühte auf, und wir hatten alles richtig gemacht. Wir investierten ins Hotel, wir zeichneten Aktien fürs neue Strandbad Lido, für die Dampfschifffahrt auf dem Vierwaldstättersee und anderes mehr.«

»Woher kamen dazumal die Gäste?«, fragte der Engländer interessiert.

»Unsere Kundschaft war international, aber nach dem Besuch von Kaiser Wilhelm II. im Jahre 1912 stieg die Zahl der deutschen Gäste deutlich an. Sein Empfang in Zürich wurde in den Zeitungen breit kommentiert und dokumentiert. Ich erinnere mich an Bilder eines Zuges von Zweispänner-Equipagen, die auf dem Bahnhofplatz an einer Ehrenkompanie vorbeifuhren. Ein einziger Wagen war mit einem Schimmelpaar eingespannt, alle anderen mit Rappen.«

»Ich nehme an, dass der Kaiser die Ehre hatte, in dem Wagen mit den weißen Pferden Platz zu nehmen«, hakte der Gast ein.

Emil Krebs nickte und schilderte weiter: »Am Tag darauf besuchte der Monarch ein Manöver in der Ostschweiz. Dabei wurde er mit einem von der Firma Saurer ausgeliehenen Motorwagen herumgefahren.«

»Emil, hatte das Militär denn keine eigenen Fahrzeuge?«

»Ich nehme an, unsere Armee verfügte über keine Motorwagen, da die operative Kriegsführung noch einige Zeit auf Infanterie und Pferde setzte.«

Der Brite nickte ungläubig mit seinem Kopf.

»Die Begeisterung über den Besuch war enorm. Ich spreche allerdings von der deutschsprachigen Schweiz; anders reagierten die Menschen in der Westschweiz.«

»Ah, ich erinnere mich an Ihre Bemerkung über Spitteler, der die verschiedenen Landesteile der Schweiz vor dem Auseinanderdriften bewahren wollte.«

»Richtig. Ich habe mich in der Zwischenzeit kundig gemacht. In der Rede, gehalten vor der Neuen Helvetischen Gesellschaft, mahnte Spitteler beide Landesteile zur Mäßigung und zu mehr Bescheidenheit. Ob er entscheidend zum Zusammenhalt der Schweiz beigetragen hat, ist möglich, aber schwer zu beweisen. Jedenfalls ließen wir uns nicht in diesen unsäglichen Krieg hineinziehen.

War es nicht erschreckend, mit anzusehen, mit welcher Begeisterung, ja Verzückung die jungen Männer an die Front eilten? Und wie viele haben dort in oder zwischen den Schützengräben ihr Leben für ihr Vaterland gelassen? Rückblickend ein Irrsinn! Aber was rede ich mich in Fahrt. Sie haben ja diese entsetzlichen Jahre miterlebt.«

»Ja, schlimm, aber auch für die Zivilbevölkerung, die unter Hunger zu leiden hatte, und man fragte sich: Wer bitte soll die Arbeit der ins Feld gezogenen Männer nun verrichten? Wie wir wissen, packten die Frauen an und sie standen ihren Mann, wie man so schön sagt.

Und dann die immer größere Zahl Kriegsinvaliden in den Straßen Londons. Niemand wusste, wie man mit ihnen umgehen sollte. Manche machten sich über sie lustig, andere übten sich in Schönfärberei, aber ehrliches Mitleid konnte ich selten erkennen.«

»Bei unserem Besuch ein Jahr nach Kriegsende in Dresden«, bestätigte Emil Krebs, »waren wir ob der Anzahl Kriegskrüppel, so wurden diese Männer in Deutschland genannt, schockiert. Die Bilder von an Krücken, oder noch schlimmer ...«

Der Gast fiel dem Senior ins Wort. »In der Schweiz haben Sie davon nur wenig mitbekommen, nehme ich an.«

»So ist es. Wir beklagten den Mangel an Esswaren. Pro Tag konnten wir pro Person 225 Gramm Brot und einen halben Liter Milch kaufen. Im Monat gab es 150 Gramm Butter, eine kleine Menge Reis, Teigwaren und Käse. Aber verglichen mit den Zuständen in Deutschland lebten wir im Paradies. Nur blieben die Hotelgäste mehr und mehr aus, und der Hotellerie ging es 1916 so schlecht, dass der Bundesrat ein Hotelbauverbot erließ.

Ich hatte vor dem Krieg eine Baueingabe für eine Vergrößerung des Hauses eingereicht. Analog zum 1. Stock plante ich einen Mauerdurchbruch im 2. Stock. Daraus wurde dann nichts. Im Gegenteil, wir mussten verkleinern und mauerten den Durchgang im 1. Stock zu. Die Krise im Tourismus zeigte sich auch daran, dass die Bundesbahnen ihr Angebot an Zügen straffte. So fuhren ab 1916 am Gotthard täglich nur noch 4 anstatt der 7 Schnellzüge.«

Archibald Sharp erhob sich und fragte, ob er kurz das Fenster öffnen dürfe. »Nicht dass mir unser Nieselregen fehlen würde, aber mir ist warm«, sagte er.

Durchs offene Fenster drang das ferne Pfeifen eines Zuges, der möglicherweise vor einem geschlossenen Signal stand und nicht in den Bahnhof einfahren konnte.

Die Gesprächspartner schmunzelten, und nachdem das Fenster wieder geschlossen war, fuhr der Hotelier mit seinem Bericht fort: »Dann kam die Zeit der Hyperinflation in Deutschland. Ich sehe noch heute Briefe aus Dresden vor mir, auf deren Umschläge mehr und mehr Marken aufgeklebt waren. Einmal zählte ich Marken für zehn Millionen Reichsmark. In der Schweiz wurden wir glücklicherweise davon verschont, und ab den 1930er-Jahren ging es wieder aufwärts.

Davor mussten wir, wie bei einer Läuterung, einen bissig kalten Winter mit Temperaturen weit unter dem Gefrierpunkt überstehen. Mit dem Schnee hatte sich eine gespenstische Ruhe über die Stadt gelegt. Vor unserem Haus türmten sich die Schneemassen, und im Februar 1929 fror das Seebecken zu. Beim südlichen Brückenkopf der Seebrücke tummelten sich die Jugendlichen lärmend auf dem Eis, während die Erwachsenen von der Brücke aus zuschauten.«

Der Gast lachte. »Dieses Spektakel hätte ich auch gerne miterlebt. Ich nehme an, die Erwachsenen trugen lange Wintermäntel, hatten ihre Köpfe mit Woll- und Pelzmützen bedeckt und standen eng gedrängt am Geländer. Die Frauen hatten möglicherweise ihre Hände in Muffe gesteckt. Nennen Sie das eine Läuterung?«

»Nein, das war bereits der Übergang zum Aufbruch, der sich dann durch größere Bautätigkeiten zu manifestieren begann. Eine Festhalle, die 1900 anfänglich neben dem hölzernen Bahnhofsbau stand, wurde abgebrochen, um dem Kunst- und Kongresshaus Platz zu machen.«

Archibald Sharp fragte, als er sich aus dem Sessel hievte: »Sie sprechen von dem hinter dem Wagenbachbrunnen liegenden, vollkommen schnörkellosen Gebäude mit zwei breiten Auffahrtsrampen, die mit Skulpturen von Pferden geschmückt sind?«, und er ging im Raum umher, um sich die Beine zu vertreten.

Bevor der Hotelier antworten konnte, hob der Brite beide Hände und sagte: »Emil, wie oft haben wir über Löwenskulpturen gesprochen, aber solche von Pferden schnöde ignoriert.«

»Möglicherweise, weil Löwen uns fremd sind.«

»Vielleicht, aber trotzdem stellen Pferde auch anregende Motive dar, speziell, wenn sie mit einem Reiter verschmolzen sind. In jeder Stadt können Sie ein Reiterstandbild finden. Und immer steht es für die Erhabenheit, die umsichtige Führung eines Herrschers oder Kriegsherrn. Entschuldigen Sie meinen Exkurs. Sie wollten sicher etwas über das Kunsthaus sagen.«

»Ja!«, antwortete der Schweizer. »Eine der ersten Ausstellungen im neuen Kunsthaus war dem Luzerner Maler Robert Zünd gewidmet. Minna begleitete mich zur Eröffnung. Neulich habe ich für einen solchen Anlass das Wort Vernissage gehört. Item, Minna begeisterte sich für die naturnahen Ölbilder. Die Motive, oft einzelne Eichen oder ganze Eichenwälder, stammten aus der näheren Umgebung.

Sie liebte Eichen, besonders diejenigen mit weit ausladenden Kronen. Die gefurchten Stämme erinnerten sie an Fingerabdrücke von Riesen. In der Umgebung von Luzern gibt es Flurnamen, wie Eichwald, Eichmatt, Eichhof etc., aber wo bitte sind denn die Eichenwälder, fragten wir uns. Ich hätte es wissen müssen. Die Eichen des Mittellandes fielen der Eisenbahn zum Opfer und liegen als Schwellen unter den Geleisen.«

Der Hotelier verstummte, schlug die Beine übereinander, trank den letzten, jetzt kalten Schluck Tee aus seiner Tasse, verzog dabei sein Gesicht und äußerte sich stöhnend: »Und etwa gleichzeitig begann schleichend die Sache mit dem Antisemitismus. Immer mehr machte man die Juden, auch bei uns, für alles und jedes verantwortlich. 1938 sah ich zum ersten Mal ein großes rotes J in einem deutschen Reisepass. Die Hotelgäste müssen auch heute noch, das wissen Sie, bei der Registrierung ihre Papiere abgeben. Jeden Abend kommt ein Herr von der Fremdenpolizei, um diese zu sichten. Damals trugen die Beamten in der Regel lange Mäntel und Schlapphüte.«

»Also genau so, wie wir uns Geheimdienstler vorstellen«, kommentierte der Gast.

»Ja, und als ich diesen Stempel sah, schämte ich mich so sehr, dass ich den Pass weder Minna noch meinen Kindern zeigte. Ich schämte mich, weil gesagt wurde, dass der Stempel auf eine Vereinbarung zwischen Deutschland und der Schweiz zurückgehe.«

An diesem Punkte stockte das Gespräch, und die beiden Herren hingen für ein paar Minuten ihren eigenen Gedanken nach, bis der Schweizer den Faden weiterzuspinnen begann.

»Unsere Politik war sehr angepasst, einige würden das Wort pragmatisch verwenden. Ja, wir passten uns deutschen Forderungen an, rüsteten gleichzeitig auf und wurden mithilfe unserer geistigen Landesverteidigung auf Linie gebracht.

Die Schweizerische Landesausstellung in Zürich im Jahre 1939 kam diesem Anliegen sehr gelegen. Das Wochenmagazin, die Schweizer Illustrierte, versandte an ihre Leserschaft einen Bundesbrief in deutscher Fassung. Die Presse lobte, ich versuche zu zitieren, die beispielhafte Klarheit der Übersetzung aus dem lateinischen Original. Als Zeichen uneingeschränkter Solidarität ließen viele Bürger diesen Druck einrahmen, um ihn in ihrem Wohnzimmer aufzuhängen.«

Archibald setzte sich auf und fragte: »Emil, von was sprechen Sie?«

»Entschuldigen Sie! Der Bundesbrief ist das Gründungsdokument der Schweiz. Dieser wurde am 1. August 1291, so lernen wir es in der Schule, von den Kantonen Uri, Schwyz und Unterwalden auf der Rütliwiese besiegelt.«

Archibald horchte auf. »Jetzt verstehe ich. Vor und nach der Haltestelle Rütli bemerkte ich bei der Schifffahrt Menschen, die mit beiden Händen sich an die Reling stützend, verklärt auf die Wiese blickten.«

»Ja, dieser Ort setzt viele Emotionen frei. Aus diesem Grund hat unser hochgeschätzter General 1940 alle höheren Offiziere auf dieser Wiese versammelt, um ihnen die Verteidigungsstrategie gegen Hitler-Deutschland zu erklären. General Guisan wird noch heute verehrt. In allen Wirtshäusern auf dem Land hängt sein Abbild mit aufgesetzter, reich dekorierter Schirmmütze meist über dem Hinterausgang. Mit anderen Worten, die Gäste des Wirtshauses erweisen dem General beim Toilettengang vollen Respekt.«

Archibald, mit einem breiten Lachen: »Entschuldigen Sie, Emil, ich war drauf und dran zu sagen, dass ein örtlicher Zusammenhang von Toilette und General möglicherweise den erforderlichen Respekt vermissen lässt. Aber dann ist mir bewusst geworden, dass ich selber Pennys und Schillinge mit dem Abbild Georg VI. im Schritt trage.«

In diesem Moment trat Hilde Krebs in den Raum mit der Bitte, das Gespräch bald zu beenden, da soeben das Abendessen aufgetragen werde.

Der Vater zu seiner Tochter: »Ja, nur noch einen Moment. Wir sind gleich fertig«, und zu seinem Gast: »Während des 2. Weltkriegs brach unser Einkommen wieder ein, aber darben mussten wir nicht. Natürlich war die Versorgungslage kritisch. Die Esswaren wurden wieder rationiert, aber mit etwas Fantasie kamen wir über die Runden. Ich bin heute noch stolz, dass ich im Februar 1941 für Bubi und Olgas Hochzeit ein opulentes Festessen zubereiten konnte. Zur Nachspeise servierte ich mit Schokolade überzogene Bananen und Vanilleeis, und die Geladenen wunderten sich, wie und woher ich die Bananen organisiert hatte.

Nach dem Krieg kamen recht schnell wieder Gäste, unter anderem auch amerikanische Soldaten. Die GIs verbrachten ihren Urlaub gerne in Luzern. Sie machten dabei den Kaugummi populär. Unsere Jugendlichen waren ganz wild auf Wrigley's Spearmint Gum und gingen die Soldaten bei jeder Gelegenheit für einen Streifen davon an.

Nun schlage ich vor, dass Sie Hildes Ruf folgen und wir uns morgen wieder treffen. Wenn ich richtig informiert bin, wird das dann wohl unser letztes Gespräch sein, da Sie uns am Dienstag verlassen werden.«

»Ja, so ist es. Leider! Bevor ich zum Essen gehe, noch eine Bemerkung zu Ihrer Speisekarte. Ich bin von der Vielfalt beeindruckt. Auch Ihre Tageskarte ist reichhaltig, immer mit einem Fleischgericht. Wie oft essen Sie persönlich Fleisch pro Woche?«

»Wir essen, wie die Mehrheit der Bevölkerung, einmal, wenn es hochkommt, zweimal wöchentlich zu Mittag ein Fleischgericht und am Freitag Fisch. Abends essen wir etwas Leichtes, oft ein Café complet, mit anderen Worten Kaffee, Brötchen mit Butter, Marmelade und Käse.

So, aber nun sollten Sie sich beeilen, ansonsten bekomme ich eine Rüge. Also, bis morgen.«

Der Hotelier öffnete das Fenster und stand, um seinen Kopf zu lüften und den ereignisreichen Tag in Gedanken aufzuarbeiten, ein paar wenige Minuten in der frischen Luft.

Luzern, Montag,
2. Oktober 1950
hell, mäßige West-
winde; 8 Std. Sonne;
Luft (12:30) 16°C

Beim gemeinsamen Mittagessen sprachen die Geschwister kurz über die Resultate der eidgenössi-
schen Abstimmung vom Sonntag. Nachdem sich
Vater Krebs an den Tisch gesetzt und die weiße Serviette über den Schoß gelegt hatte, hob er die Hand
und fragte: »Kann mich bitte jemand über den Stand
des Krieges in Korea informieren. In den letzten Tagen bin ich kaum zum Radiohören gekommen.«

Hilde und Arno Krebs begannen gleichzeitig zu
sprechen, wobei der Bruder mit seiner sonoren Stimme die Schwester übertönte und sie schließlich ihm
das Wort überließ. »Die amerikanischen Truppen
haben in den letzten paar Tagen die Hauptstadt Se-
oul befreit, an einigen Stellen die Demarkationslinie
zwischen Süd- und Nordkorea, den 38. Breitengrad
überschritten und die kommunistischen Kräfte ein-
gekesselt. Der amerikanische Verteidigungsminis-
ter soll in einem Glückwunschtelegramm General
McArthur zu seinem Erfolg gratuliert haben.

Und in der Generalversammlung der Vereinten
Nationen hat der jugoslawische Außenminister Kar-

delji in einem Friedensappell vorgeschlagen, dass sich die beiden Konfliktparteien auf die vormaligen Grenzen zurückziehen sollen. Er nannte dies den Status quo antes wieder herstellen, vermutlich ein Versuch, die territorialen Verluste der Kommunisten so klein wie möglich zu halten.«

Während Arno sprach, legte Hilde Krebs einen Zeitungsartikel mit dem Titel *Zahlungen des Marshallplans* auf den Tisch und erhob, nachdem ihr Bruder fertig war, ihre Stimme: »Habt ihr gewusst, dass das Vereinigte Königreich, gefolgt von Frankreich und Italien, am stärksten vom Marshallplan profitiert?« Während die Geschwister verneinend den Kopf schüttelten, fuhr sie fort: »Und die Zahlungen an Deutschland entsprechen in etwa einem Drittel derjenigen an England.«

Emil Krebs nickte wohlwollend und bedankte sich für die prägnanten Zusammenfassungen.

16:30 | 9. Teegespräch

Archibald Sharp stand im Salon vor dem großen Ölgemälde, als Emil Krebs eintrat. »Guten Abend, Emil, ich wollte bereits vor einigen Tagen fragen, woher Sie dieses Bild haben. Die Proportionen sind stimmig, die Figuren harmonisch angeordnet und gut gemalt. Am besten gefällt mir die Maria Magdalena, obgleich«, der Gast zögerte einen Augenblick, »ihre Beine für meinen Geschmack zu stämmig geraten sind.«

Über das Gesicht des Hoteliers huschte ein Lächeln. »Leider ist das Bild nicht signiert, will heißen, der Künstler ist unbekannt. Haben Sie eine Ahnung, in welcher Zeitperiode es gemalt wurde?«

»Das kann ich nicht mit Sicherheit beantworten. Der Stil deutet auf 17. Jahrhundert. Wann und wie kamen Sie in den Besitz des Bildes?«

»Das war vor dem Krieg. Ein Gast machte mir den Vorschlag, seine Schulden mit Wertsachen zu begleichen. Das war nicht das erste Mal, dass jemand ein solches Ansinnen äußerte, und bis zu jenem Zeitpunkt war ich strikte gegen eine solche Art der Abgeltung. Minna und die Töchter hingegen waren der Ansicht, das Gemälde würde sich in einem schlichten Rahmen an dieser Wand gut machen. Ja, und so wurden wir uns handelseinig. Der Preis war offensichtlich gut, denn der Gast schenkte uns ein zweites Bild, das als Hauptfigur eine Frau mit einer vollen, entblößten Brust zeigt. Als unsere Marie, die Erzieherin unserer Kinder, den weißen Busen zu Gesicht bekam, erstarrte sie. Ihr lutherischer Glauben ließ dies nicht zu. Als sie sich unbeobachtet wähnte, faltete sie das Gemälde zweimal und trampelte darauf herum, bis die widerspenstige Leinwand zu einem flachen Rechteck reduziert war.«

Archibald Sharp lachte aus vollem Hals. »Ja, ja, Menschen haben unterschiedliche Wertvorstellungen und Normen.« Er hielt inne und warf einen Blick auf den Teetisch. »Was sehe ich denn hier? Sind das etwa Berry Pies?«

»Ja. Wally hat zu Ihrem Abschied aus eingemachten Erdbeeren englische Beeren-Törtchen gebacken.«

Auf dem Gesicht des Engländers machte sich ein Lächeln breit. »Das ist ja eine Überraschung. Ich werde mich bei ihr persönlich bedanken«, und nachdem sich die Herren mit Tee und Törtchen bedient und in den Sesseln Platz genommen hatten, sprach er weiter: »Sie und Ihre Familie haben wesentlich dazu beigetragen, dass ich meinen Aufenthalt in Luzern genießen konnte. Es ist mir gelungen, für meinen guten Freund ein ansprechendes Programm zusammenzustellen. Ich werde ihm vorschlagen, bei Ihnen zu logieren. Normalerweise steigt er in den besten Häusern oder bei Privatpersonen ab. Diesmal möchte er sehr diskret behandelt werden, und ich bin der Ansicht, dass dies in einem besseren Mittelklassehotel sehr gut möglich sein sollte. Er spricht kein Deutsch, was jedoch kein Problem sein sollte. Wenn immer möglich, möchte ich, dass er dasselbe Zimmer beziehen kann wie ich. Neben der schönen Aussicht habe ich die Ruhe geschätzt.«

»Das werde ich meiner Familie mit Freude mitteilen, und ich kann Ihnen versichern, dass wir alles unternehmen werden, Ihren Bekannten zufriedenzustellen«, antwortete der Hotelier und bemerkte nach einer Pause: »Es stimmt, die Zimmer im 4. Stock sind ruhig. Allerdings nicht mehr so ruhig wie früher. Der motorisierte Verkehr hat seit Kriegsende arg zugenommen. Bereits vor dem Krieg wurden die Straßen allerorten verbreitert. Als Beispiel kommt mir gerade die Hohle Gasse bei Küssnacht in den Sinn.«

»Ah, Schillers Hohle Gasse. Ich wusste nicht, dass der Ort in der Realität tatsächlich existiert.«

»Richtig, diese Gasse gibt es, und der motorisierte Verkehr zwängte sich durch dieses Nadelöhr. Es gab verschiedene Anläufe, eine Umfahrungsstraße zu bauen, aber alle Projekte wurden wegen Geldmangels in irgendeine Schublade gelegt, bis eine von Schülern und Schülerinnen der ganzen Schweiz durchgeführte Sammelaktion die Notwendigkeit in die Öffentlichkeit trug.

Nach dem Bau der Umfahrung wurde der Durchgang auf eine Gasse zurückgebaut und der Asphaltbelag durch Steinplatten ersetzt. Seitdem ist der Ort ein beliebtes Ziel von Schulreisen, und der symbolische Wert dieser Gasse wird so ins Bewusstsein einer weiteren Generation eingeimpft.«

»Wir könnten nun eine spannende Diskussion über Geschichtsschreibung und Legendenbildung führen«, äußerte sich der Gast. »Ich fürchte, dass uns dafür die Zeit fehlt. Stattdessen würde ich gerne noch Ihre Einschätzung der heutigen politischen Lage in Europa kennenlernen.«

Der Gastgeber bewegte seinen Kopf nachdenklich hin und her: »Die Vergangenheit hat uns so sehr in Beschlag genommen, dass wir der Gegenwart keinerlei Beachtung schenkten. Ich möchte Ihnen vorschlagen, dass wir heute Abend zusammen essen und dabei auf die Gegenwart zurückkommen. Ich habe zu diesem Zweck bereits eine gute Flasche Burgunder aus dem Keller holen lassen.«

»Dieses Angebot nehme ich mit Freude an«, antwortete der Engländer, »und bei einem Glas Wein lässt es sich sogar noch besser über Politik diskutieren.«

»In diesem Fall«, fügte der Hotelier an, »möchte ich gerne ein paar Bemerkungen zu unseren bereits diskutierten Themen machen. Letzte Nacht, als ich wach lag, schwirrten mir allerlei Gedanken durch den Kopf. Gedanken, die ich unbedingt mit Ihnen teilen wollte, die sich dann bis zum Morgengrauen alle, außer der Zentenarfeier, wieder verflüchtigt hatten.«

Archibald Sharp schob die Unterlippe vor und machte ein verwirrtes Gesicht, worauf sein Gegenüber sofort nachhakte: »Ich spreche vom September des Jahres 1932, der Zeit des Aufschwungs und der 600-Jahrfeier des Beitritts Luzern zur Eidgenossenschaft. Die Stadt hatte sich herausgeputzt, wurde festlich geschmückt und reich beflaggt.

Die Feiern dauerten drei Tage. Sie begannen mit Höhenfeuern und elektrischer Beleuchtung der Uferzone. Noch nie zuvor hatte ich davor so etwas gesehen. Die zwischen Seebrücke und Hofkirche angestrahlten Hausfassaden hatten etwas Märchenhaftes. Die Gesandten der Innerschweizer Kantone kamen mit Nauen, so nennen wir die Frachtschiffe, die normalerweise Kies transportieren, um ihre Grußbotschaften zu überbringen, und wurden mit Böllerschüssen empfangen.«

»Ihre Beschreibung erinnert mich an eine übergroße Shakespearebühne, und mir kommt dabei aus dem Theaterstück ›Wie es euch gefällt‹ die Zeile ›Die ganze Welt ist Bühne, und alle Frau'n und Männer bloße Spieler‹ in den Sinn.«

Auf des Seniors Stirn bildeten sich Runzeln. »So war es wohl. Zu Ihrer Bemerkung passt, dass es neben vielen Reden, beispielsweise diejenige des Bundespräsidenten Giuseppe Motta, zum Abschluss einen Umzug mit tausend Beteiligten in historischen Kleidern zu bestaunen gab.«

Archibald Sharp stand auf, um zwei weitere Törtchen auf seinen Teller zu schieben, während der Hotelier befreit ausatmete und sagte: »Soeben ist mir ein Gedanke, der mich letzte Nacht umtrieb, eingefallen. Sie erinnern sich«, der Senior holte mit einem Schmunzeln seine Geldbörse aus der Hosentasche und kramte Kleingeld daraus hervor, »dass mir gestern die Münzen zu Boden gefallen sind. Hilde hatte unsere Münzkasse ausgemistet und dabei ein paar alte, unansehnliche Exemplare gefunden. Nun wollte sie wissen, ob dies britisches Geld sei.«

Der Brite betrachtete die Münzen unter dem Licht der Stehlampe. »Diese Stücke sind, wie Sie sagen, alt und in einem schlechten Zustand. Das Profil ist stark abgenutzt, sodass ich das Abbild kaum erkennen kann. Hier am Rand steht Georgius, wohl für König Georg, und auf der Rückseite … nein, nein, das sind australische Münzen.«

»Vielen Dank! In diesem Fall kann Hilde das Geld in die australische Kasse legen.«

Ein Lächeln huschte über des Briten Gesicht. »Die Australier verehren unseren König, sie bildeten eine verlässliche Kolonie und sind heute ein vertrauenswürdiger Partner im Commonwealth. Wenn ich denke, wie viele freiwillige Soldaten, ich vermute, es waren über dreihunderttausend, sich im großen Krieg von Mesopotamien bis zum Suezkanal gegen die Osmanen und an der Westfront gegen die Achsenmächte aufgeopfert haben.«

»Jetzt, da Sie die Bemerkung über Soldaten fallenließen, kommt mir in den Sinn, dass ich über das Soldatendenkmal an der Landesausstellung von 1939 in Zürich sprechen wollte. Im Pavillon Heimat und Volk fesselte mich die Skulptur eines Wehrmannes. Der offizielle Name war Monument der Wehrhaftigkeit. Für mich war es ein Titan, ein seinen Waffenrock überziehender Zivilist, der von seinem Podest über den Betrachter hinweg in einen dunklen Raum blickte. Der an seinem rechten Fuß abgelegte Stahlhelm deutete seine Bereitschaft an, sich jederzeit in den Kampf zu werfen.«

»Waren Ihre Söhne denn im Militär?«, fragte der Brite.

»Ja, beide. Arno als Wachtmeister bei den Übermittlungstruppen, Bubi als Gefreiter bei den Versorgungstruppen. Beim ersten Urlaub nach der Mobilmachung haben wir uns vor dem Hotel zusammen ablichten lassen. Die beiden trugen einen bis zum Hals geschlossenen Waffenrock aus gewalktem Loden, einen Koppel, der bei uns Ceinturon heißt, und auf dem Kopf eine Schiffchen-Mütze, ebenfalls aus Loden. Ich stand zwischen den beiden in einem eleganten dunklen Anzug. Wir wussten nicht, ob und wann Hitler angreifen würde. Falls es schlimm enden sollte, wollte ich mindestens eine Fotografie meiner Söhne bei mir tragen.« Des Vaters Worte hallten im Raum nach, und dann breitete sich eine nachdenkliche Stille aus.

»Noch eine Frage, wenn Sie gestatten«, beendete der Brite nach einiger Zeit die Stille. »Gestern,

als ich vom Quai über den See blickte, bemerkte ich künstliche Aufbauten hinter dem Kunsthaus, und ich fragte mich, um was es sich handeln könnte.«

»Am Samstag beginnt auf dem Inseli, auf der kleinen Insel auf der Seite des Bahnhofs, die jährliche Herbstmesse mit Marktständen und Vergnügungsbahnen. Dieses Spektakel werden Sie leider verpassen.«

»Sie erinnern mich, dass ich vor dem Abendessen noch meinen Koffer packen wollte. Wenn es Ihnen nichts ausmacht, würde ich darum gerne aufs Zimmer gehen. Wir sehen uns ja beim Abendessen.«

Abendessen

Die Saaltochter hatte eben die Lichter angemacht, als die ersten Gäste den Speisesaal betraten. Die Tische waren liebevoll mit blütenweißen Tischtüchern, dem cremefarbenen, mit schmalem Goldrand versehenen Hotelgeschirr aus Langenthal eingedeckt und mit kleinen Blumenarrangements geschmückt. Das versilberte Besteck war vor dem Hinlegen mit einem Lappen gereinigt worden, um mögliche Fingerabdrücke zu entfernen.

Der Ecktisch erregte die Aufmerksamkeit der zahlreichen Gäste. Der Tisch war mit einem weißen Geschirr, das schlichte, blaue Blumenelemente zierte, gedeckt, und die Burgunderkelche spiegelten das Licht der von der Decke hängenden Kristallleuchter feuriger als die Gläser der anderen Tische.

Der Hotelier führte, links und rechts grüßend, seinen Gast zum Tisch. Der Brite setzte sich so, dass er den Raum überblicken konnte. Als Erstes wunderte er sich über das Geschirr. »Ist das ein Wedgwood-Service?«, fragte er.

Der Hotelier schüttelte verneinend den Kopf. »Dieses Geschirr wird nur für ganz spezielle Gäste gedeckt. Es handelt sich um Alumina-Fayencen der Königlichen Porzellanmanufaktur in Kopenhagen.«

Der Brite räusperte sich, begann die Speisekarte zu studieren und entschied sich nach einer Weile für ein Beefsteak mit Pommes frites und Salat.

»Wie möchten Sie das Fleisch gebraten haben? Medium oder blutig?«, fragte der Gastgeber.

»O nein, auf keinen Fall blutig. Ich bevorzuge gut gegartes Fleisch.«

»Geht mir ähnlich«, antwortete Emil Krebs. »Und dies im Gegensatz zu meiner Tochter Wally, die das Fleisch möglichst blutig essen will. Möchten Sie eine Suppe vorneweg, beispielsweise eine Bouillon celestine.«

Der Gast nickte, und die Saaltochter nahm die Bestellung auf. Als sie sich entfernt hatte, warf der Brite einen Blick auf die Weinflasche. »Nun bin ich gespannt, was Sie uns für einen Tropfen offerieren.«

»Es ist eine Trouvaille, ein Vosne-Romanée 1945 aus dem Weinberg La Tâche. 1945 und '47 sind sehr gute Jahrgänge, und 1949, so habe ich gehört, soll noch besser werden.«

Nachdem der Gastgeber selber die Gläser mit dem violetten bis rubinroten edlen Saft zu einem Drittel gefüllt hatte, betrachtete er sein Glas gegen das Licht und prostete seinem Gast zu. »Lassen Sie uns auf die Zukunft und gute Gesundheit anstoßen!«

Die beiden Herren hielten ihre Gläser unter die Nase, nahmen den Duft von fruchtigen Aromen wahr, nippten und schmeckten den im Mund verteilten Probeschluck. Es war unübersehbar, dass sie diese Prozedur auszukosten wussten. »Das ist ein ganz und gar edler Tropfen«, kommentierte der Gast, und der Fachmann erwiderte: »Professionelle Weinkenner bezeichnen die Struktur dieses Weines als eine Balance aus Wucht und Finesse bei hoher Komplexität. Was auch immer das bedeuten mag.«

Während die Suppe aufgetragen wurde, sagte der Engländer: »Lassen wir den Wein und kommen wir zur Komplexität der Realpolitik.«

Der Schweizer lehnte sich zurück. »Eine Politik, die mich, ich kann es nicht anders sagen, sehr nachdenklich stimmt. Das martialische Auftreten der Sowjetunion und der Vereinigten Staaten macht mir Angst. Als vor einem Jahr die Blockade Westberlins zu einem glücklichen Ende kam, hatte ich auf eine weitergehende Entspannung gehofft. Mit der Aufhebung der vier Militärzonen in Deutschland und der gleichzeitigen Gründung der Bundesrepublik einerseits und der Deutschen Demokratischen

Republik andererseits wird meiner Meinung nach eine innerdeutsche Grenze zementiert.«

Bei diesen Worten legte Archibald Sharp den Suppenlöffel hin. »Ich sehe die Situation genauso. Wir können nur hoffen, dass der in Europa herrschende Kalte Krieg auch kalt bleibt. Haben Sie je eine Nachricht erhalten, wie es mit dem zerbombten Grundstück in Dresden weitergehen soll?«

»Von Dresden nicht. Bern hat geschrieben und uns Formulare für die Schadensmeldung zugesandt. Um den Anschein einer Anerkennung der DDR zu verhindern, möchte das Politische Departement jeglichen direkten Kontakt von Geschädigten mit den Behörden in Ostdeutschland verhindern.«

Die gedämpften Stimmen der an den Tischen geführten Gespräche, das Klirren des Geschirrs und Schaben des Bestecks auf dem Porzellan verschmolzen zu einem dahinfließenden Rauschen, das von Zeit zu Zeit von einem herzhaften Gelächter der am großen Tisch sitzenden Gäste übertönt wurde.

Die Saaltochter und ein junger Kellner bewegten sich mit behänden Schritten zwischen den Tischen. Als der Hauptgang aufgetragen wurde, fragte der Gast: »Was sind denn die neuesten Entwicklungen in Korea?«

Als der Hotelier das Fleisch auf seinem Teller anschnitt, begann klarer Saft auszurinnen und nachdem er ein erstes Stück genüsslich gekostet hatte, antwortete er: »Der Sieg der alliierten Truppen steht unmittelbar bevor, und die Auseinandersetzung wird zwischenzeitlich in verbaler Form in der UNO-Generalversammlung weitergeführt.«

Der Gast pikste mit der Gabel zwei Fritten auf. »Und was halten Sie von den Atombombenversuchen?«, mit einem Schmunzeln fuhr er fort: »Sind Sie auch der Meinung, dass diese das Klima verändern, quasi das Wetter aus der Bahn werfen?«

»Es gibt Leute, die davon überzeugt sind, ich selber kann mir das nicht vorstellen. Die Bilder dieser Atompilze sind faszinierend. Anderseits erschauere ich vor Entsetzen, wenn ich an die Zerstörungskraft dieser Waffe denke. Und hat Präsident Truman vor ein paar Monaten nicht die Entwicklung einer Wasserstoffbombe mit noch viel größerem, einem schlicht unvorstellbaren Vernichtungspotenzial angekündigt? Auch die Sowjetunion hat einen ersten Atombombenversuch durchgeführt. Ich frage mich, ob die Supermächte unseren Planeten einebnen wollen?«

Der Gast rückte seinen Stuhl leicht zurück und schlug ein Bein schwungvoll über das andere. »Bezüglich der atomaren Aufrüstung kann ich nicht ausschließen, dass auch Großbritannien in den Wettlauf einsteigen wird. Es geht schließlich um eine Demonstration der militärischen Stärke, um Macht und Prestige.«

»Da Sie so unbefangen von dieser fürchterlichen Bombe sprechen, kommt mir ein wilder Traum der letzten Nacht ins Gedächtnis. Ein riesiger Feuerball legte sich immer breiter über die Stadt, und als dann die große Kuppel des Bahnhofs Feuer fing, schreckte ich ganz benommen auf.«

»Wie Sie wissen, steht das Vereinigte Königreich und Amerika seit vielen Jahren Seite an Seite. Aus diesem Grund hat uns Amerika nach dem Krieg finanziell großzügig unterstützt. Da sich unsere Zahlungsbilanz dieses Jahr als Resultat großer Anstrengungen ins Positive wendet, müssen wir fürchten, dass die Beiträge des Marshallplans vermindert werden.

Bezüglich Deutschland teile ich Ihre Meinung, dass die Grenze zur Ostzone ein Teil des Eisernen

Vorhangs werden wird. Wissen Sie, woher dieser Begriff kommt?«

»War das nicht Churchill?«

»Ja und nein. An und für sich ist der Begriff nicht neu. Er wurde bereits im 1. Weltkrieg von den Deutschen für die Isolierung und Abschottung Englands von den internationalen Handelsströmen verwendet. Churchill hat den Begriff übernommen und damit die mit Stacheldraht versehene Grenze zwischen West- und Osteuropa beschrieben.«

»Churchill wird in der Schweiz für seine Standhaftigkeit gegenüber dem Tausendjährigen Reich geschätzt und verehrt.«

»Ja, er ist zweifelsfrei eine große Persönlichkeit. Aber auch er musste lernen, mit Niederlagen umzugehen. Die schlimmste war 1915 die Katastrophe von Gallipoli. Als junger Marineminister war er angetreten, die von den Osmanen gehaltene Wasserstraße der Dardanellen zu durchstoßen. Dies hätte unserer Kriegsmarine erlaubt, direkt vor Istanbul aufzukreuzen, und ...«

»... der 1. Weltkrieg hätte einen anderen Verlauf genommen«, beendete Emil Krebs den Satz.

»Möglicherweise ja, aber leider kam es anders. Die Osmanen fügten uns eine bittere Niederlage zu, und die Politiker in London vermuteten vorschnell, dass sich Churchill von diesem Schlag nie erholen werde.«

»Möchten Sie eine Nachspeise oder einen Kaffee?«, erkundigte sich der Gastgeber.

»Der Nachtruhe zuliebe verzichte ich heute auf beides«, antwortete der Gast schweren Herzens und presste seine Lippen zusammen.

Die ersten Gäste hatten den Speisesaal bereits verlassen, als der Brite seine leinene Serviette faltete und auf den Tisch legte. »Wir werden sehen, was die Zukunft bringt. Auf jeden Fall werden wir mit Unsicherheiten zu leben haben, was aber schon immer so war. Und um mit einer versöhnlichen Note zu enden, möchte ich nochmals unseren Nationaldichter mit den Worten ›Nicht jede Wolke erzeugt ein Gewitter‹ zitieren.« Er hielt inne und nach der eingelegten Pause bewegte er seinen rechten Arm schwungvoll nach außen. »Sicher ist, dass ich morgen früh die Heimreise antreten werde.«

Die Tafel wurde aufgehoben, die beiden Herren wünschten sich gegenseitig alles Gute und umarmten sich. Archibald Sharp zog sich auf sein Zimmer zurück, und Emil Krebs schritt nachdenklich Richtung Büro, um sich mit seiner Tochter zu unterhalten. Vielleicht wollte er einfach noch nicht alleine sein.

Epilog

Nach Archibald Sharps Abreise machten sich die monotonen Tage wieder breit. Der Senior saß einsam im Salon in seinem Lehnstuhl. Sein Stock mit dem silbernen Fisch-Knauf zwischen seinen abgewinkelten Beinen haltend, wandte er sein rechtes Ohr dem Radio zu.

Ein Röhrenradio aus den 1930er-Jahren, ein hochstehender, oben abgerundeter Holzkasten, hatte vor einem Monat den Dienst aufgegeben und war durch einen Apparat, der Kurz-, Mittel- und Langwellen empfangen konnte, ersetzt worden. Auf der rechten Seite des mit einem gewobenen Stoff abgedeckten Lautsprechers leuchtete grün ein magisches Auge, eine Art Pegelanzeige, um die optimale Sendefrequenz zu orten.

Im unteren Bereich hätte Emil Krebs, so er gekonnt hätte, auf einer Skala bei der Wellenlänge von 539,8 Metern die Worte Beromünster, überlagert von Stuttgart und Budapest, erkennen können.

Emil Krebs blieb ein treuer Hörer der um 19:30 Uhr ausgestrahlten Sendung »Echo der Zeit«. Die von beißender Ironie strotzenden Beiträge Theodor Hallers aus London, die mit rauchig gepresster Stimme vorgetragenen Analysen von Hans O. Staub aus Paris und die eloquenten Abhandlungen Heiner Gautschys aus der Wirtschaftsmetropole Amerikas brachten etwas Abwechslung in die Eintönigkeit.

Die Mittagsnachrichten der Schweizerischen Depeschenagentur schätzte er ebenfalls als willkommene Ablenkung. Bis vor wenigen Monaten hatte er jeweils seine an einer Kette eingeklinkte goldene Savonnette aus der Hosentasche gezogen und mit einem Druck auf die Krone den Deckel aufspringen lassen, um die Uhr mit dem Zeitzeichen des Observatoriums in Neuenburg abzugleichen.

Im Winter 1951 unterzog er sich der Augenoperation. Als der Verband abgenommen wurde, traute er sich anfangs nicht, die Augen zu öffnen. Nachdem er diese dann aufgeschlagen hatte, sprach er von einem Wunder.

Bald darauf, als die Kirsch- und Obstbäume am Hallwiler- und Baldeggersee in Blust standen, lud Bubi ihn zu einer Blustfahrt durchs Seetal ein. Er saß die ganze Ausfahrt stumm auf dem Beifahrersitz. Bei der Rückkehr sprach er mit feuchten Augen Worte, wie: »Diese Blütenpracht! Dass ich so was nochmals erleben durfte!«, und zutiefst berührt. »Schade, dass Minna nicht dabei war!«

Ungefähr zur Zeit der Autofahrt ins Seetal traf ein von Hand geschriebener Brief aus London ein. Hilde übergab ihn ihrem Vater, der die Zeilen, sich im Vestibül an den Tresen anlehnend, laut vorlas.

Westminster, London, anfangs Mai 1951

Lieber Emil,

Ich darf wohl annehmen, dass es Ihnen gut geht und nachfragen, ob Sie sich einer Kataraktoperation unterzogen haben.

Hier in London geht vieles drunter und drüber. Darum komme ich gleich zum Punkt. Aus dem Besuch meines Freundes wird leider nichts. Mit seinem Einverständnis darf ich Ihnen verraten, dass es sich um Winston Churchill handelt. Meiner Meinung nach hätte ihm ein Aufenthalt in Luzern sehr gut getan, aber die im Herbst anstehenden Wahlen erfordern seine ganze Aufmerksamkeit.

Aufgrund der vorherrschenden Verwerfungen in der politischen Landschaft des Vereinigten Königreichs rechnet Churchill mit einem Sieg seiner Partei und der Möglichkeit, nochmals zum Premierminister ernannt zu werden.

Er ist und bleibt ein Kämpfer. Getreu seinem Naturell, stellt er seinem politischen Ehrgeiz alles andere hintan.

Ich werde mich zu einem späteren Zeitpunkt wieder melden und grüße Sie und die ganze Familie

Hochachtungsvoll
Ihr Archibald S.

Dann sprach er mit flatternder Stimme. »So, so, Churchill. Ich erinnere mich an seine Zürcher-Rede, in der er zu einem vereinten Europa aufrief. Seine Darlegungen warfen große Wellen. Das muss im Spätsommer 1946 gewesen sein. Ich erinnere mich gut an seine raue, gebrochene Stimme.«

*

Am 6. März 1953 verbreitete der Landessender Beromünster die Nachricht von Stalins Tod. Beim Senior flammte nochmals Hoffnung auf, dass der West-Ost-Konflikt zu einem Ende komme und die Familie das Trümmergrundstück in Dresden zurückerhalten könne.

Gesundheitlich angeschlagen, ging er in jenem Spätsommer kaum mehr vors Haus und setzte sich auch nicht mehr auf die neben dem Eingang hingestellte grüne Holzbank.

An einem nebligen Herbsttag fragte er sich, ob die Sitzbank bereits eingewintert worden war, und aus Neugier ging er selber nachschauen. Auf der im Sommer mit zwei Bottichen von rot blühenden Oleanderbüschen gesäumten, nun aber öden Eingangstreppe taumelte er. Mit dem Verrücken seines Stocks versuchte er den Aufprall, den Schlag gegen die Granitstufen noch zu mindern.

*

»Ein komplizierter Bruch des Oberschenkels!«, äußerte sich der herbeigerufene Arzt zu Hilde Krebs,
»wir müssen Ihren Vater ins Spital einweisen.« Einige, die ihn in der Klinik St. Anna, oben auf dem Hügel mit Sicht auf das Seebecken, besuchen wollten,
kamen zu spät.

Emil Krebs starb am 18. November 1953. Es war
ein Mittwoch.

MONTE CARLO

LE GRAND HOTEL

RESTAURANT FRANÇAIS TUNGBLÜTHE Propr

H. NOËL & PATTARD Succ^{eurs}

Nous Soussignés déclarons
que le nommé Krebs, est
resté à notre Service comme
entremettiers pendant le mois
d'Avril & Mai & que nous
avons toujours été très Satisfait
de son travail & de sa conduite.
Monte Carlo, le 2^f Mai 88

Pour MM. NOËL & PATTARD
V. Mandel

217

links | Arbeitszeugnis des Grand
Hotels Monte Carlo, Mai 1888

MENU

Consommé de volaille en tasse.

Filets d'ombrine en belle-vue.

Galantine de chapons de Styrie.

Côtelettes d'agneau à la moscovite.

Pâtés froids de bécassines.

Suprème de poulardes à la Beauharnais.

Filet de bœuf à la parisienne.

Médaillons de foie gras de Strasbourg.

Langues à la moderne.

Chaufroix de bécasses Lucullus.

Faisans Brillat-Savarin.

Coqs de bruyère rôtis.

Dindonneaux truffés.

Asperges en branches.

Salade à la russe.

Bavarois à la Montmorency.

Savarin aux fruits.

Dessert.

PALAIS D'ABDINE.
Bal du 12 février 1896.
BUFFET.

24 - CAIRE - Pont Kasr-el-Nil.

J. Sigrist.

links | Menükarte zur Einladung des Khediven, HH Abbas II Hilti Bey vom 12. Februar 1896
rechts | Kairo, erste Nilbrücke Kasr el Nil oder Khedive-Ismail-Brücke mit Löwenskulpturen von Henri Alfred Jacquemart

Hotel

S. 220f. | Küchenbrigade des Savoy Alberts-
hof Hotels, wahrscheinlich Ostern 1902
links | Hochzeitsfoto von Minna und Emil
Krebs, Februar 1897
rechts | Familienfoto mit Emil Krebs. Vor-
dere Reihe v.l.n.r. Wally Krebs, Arno Krebs,
Minna Krebs und Hilde Krebs, ca. 1906

Thanksgiving Day

celebrated

at the

Albertshof — Dresden

26. November 1896.

~~~

Real turtle soup.

Rhine salmon with lobster sauce
and oyster tit bits.

Stuffed turkey
green peas and asparagus
tomatos salad.

Mince pie.

California fruits.

Coffee.

A. LIEBMANN KOENIGL. HOFL. BERLIN W.

Souvenir

of the Banquet held at the

Albertshof

DRESDEN

on 22nd June 1897

in celebration of

Her Majesty Queen Victoria's

Diamond Jubilee.

General H. Melvill
(late Bengal Cavalry)
Chairman.

S. 224 | Menükarte zu Thanksgiving, Hotel Albertshof, 1896
S. 225 | Erinnerung an das Bankett zu Ehren Königin Viktorias diamantenem Kronjubiläum, 22. Juni 1897

rechts | Leumundszeugnis von Emil Krebs, ausgestellt in Tschugg, 3. November 1909

Leumund-Zeugnis.

Die Unterzeichneten, ns. der Gemeindebehörden von Tschugg, Kt. Bern, bescheinigen hiermit, dass Herr Krebs Emil Gottl. sel. Sohn von Wättenwil in Dresden während seiner Jugendjahre & später bei seinem Aufenthalt in hier nie Anlass zu öffentl. Aergernis gegeben, in öffentlichen Ehren & Rechten steht, hier & auch anderwärts unseres Wissens nie gerichtlich bestraft worden ist & dass er heute noch die Liebe & vorzügl. Achtung der Bevölkerung & Behörden geniesst.

Ns. des Gemeinderats

Der Präsident: O.K. Gross.

Tschugg (Erlach) 3. Nov br. 1904.

Der Sekretär: G. Clénin

LUC

HÔTEL
CENTRAL

LINKS BEIM BAHNHOF-AUSGA
À GAUCHE EN SORTANT DE LA GAR

70 BETTEN	70 LITS
NEUES ° ° °	MAISON °
BÜRGERLICHES	° II. RANG
° ° ° HAUS °	LUMIÈRE
ELECT. LICHT	ÉLÉCTRIQUE
CENTRAL-HEIZUNG	CHAUFFAGE CENTRAL
BEST GEPFLEGTE KÜCHE	CUISINE SOIGNÉE
MÄSSIGE PREISE	PRIX MODÉRÉS

LIFT   E. KR

Promotions-Postkarte des Hotel
Central, wahrscheinlich 1911

Central Hotel, Luzern.

oben | Ein harter Winter,
Februar 1928
unten | Promotions-Postkarte
Hotel Central, ca. 1911

links | Familienfoto vor dem Hotel-
eingang, hintere Reihe v.l.n.r. Emil
und Minna Krebs; vordere Reihe
v.l.n.r. Emil Krebs d.J., genannt Bubi,
Hilde Krebs, Wally Krebs (spätere
Wally Souvoroff), Arno Krebs, August
1928

S.236 | Postkarte von Rechtsanwalt
Walter Gräf an Minna Krebs bez.
Grundstück in Dresden, Februar/
April 1945
S.237 | Dresden, Blick vom Rat-
hausturm auf die zerstörte Stadt,
September 1945 (KEYSTONE / AP /
Richard Peter sen.)

Dresden, den 18. Februar 45

Frau Minna Krebs, Luzern
    Sehr geehrte gnädige Frau!
    Ich bedaure Ihnen mitteilen zu müssen, dass
Ihr Haus Sedanstrasse 1 beim englischen Terrorangriff vom 13.ds vernichtet worden ist.
    Sobald ruhige Verhältnisse wieder vorliegen,
wird von mir die Schadensregelung in die Hand
genommen.

                        Mit ergebenem Gruss
                                Ihr

Mitgl. d. NSRB.

Dr. Walter Gräf
Rechtsanwalt und Notar
Dresden A
Teplitzer Straße 41
Postscheckkonto Dresden 333 81
Fernruf 414 44

8,40

Frau

Minna K r e b s

L u z e r n   Schweiz

Hotel Zentral

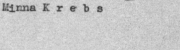

Addendum

Nachdem Arno Krebs 1972 verstarb, verkauften Wally Souvoroff und Hilde Krebs das Hotel Central Mitte der 1970er-Jahre. Es diente danach als Bürogebäude und wurde später vom daneben liegenden Hotel Waldstätterhof übernommen und als Tagungszentrum genutzt.

Die beiden Schwestern zogen in eine Wohnung an der Sempacherstraße und anfangs der 1990er-Jahre ins Altersheim Steinhof. Wally Souvoroff starb 1994, Hilde Krebs vier Jahre später.

Bubi übersiedelte mit seiner Familie 1955 nach Zürich, er starb im Jahre 1988 ebenda.

Das Trümmergrundstück in Dresden wurde von der Deutschen Demokratischen Republik enteignet, um darauf ein Gebäude der Technischen Hochschule zu errichten.

Mein Dank geht ...

... an Rita Locher, meine Frau, die mich vor vielen Jahren bei der Räumung der Wohnung meiner Tanten auf Großvaters Dokumente aufmerksam gemacht hatte.

... an Gerda Richter, eine Cousine zweiten Grades aus Dresden für eindrückliche Schilderungen des Feuersturms.

... an Peter Johans, ein Schwager, für Einsichten in das Teetrinken der Briten.

... sowie an Anne Rüffer, Verlegerin des rüffer& rub Sachbuchverlags in Zürich für kritische Kommentare, aufmunternde Anregungen und wesentliche Hilfe bei der Entstehung des Textes.

... an verschiedene Behörden, Ämter und Institutionen, wie das Zivilstandsamt Oberland West in Thun, die Gemeindeverwaltung Tschugg, insbesondere Gemeindeschreiber Martin Schneider, die Gemeindeverwaltung Wattenwil, das Stadtarchiv der Stadt Luzern, das Museum für Kommunikation in Bern, die SBB Historic-Stiftung in Bern, die National-bibliothek in Bern, Bibliothek des Verkehrshauses der Schweiz in Luzern, die Universitätsbibliothek Basel, das Archiv der Neuen Zürcher Zeitung und die Enzy-klopädie Wikipedia für Informationen.

... an folgende Quellen, aus denen Informatio-nen in den Text eingeflossen sind: J.R. von Salis, Weltchronik 1939–1945, Orell Füssli Verlag Zürich, James Barr, A Line in the Sand, Simon & Schuster Ver-lag, und Cezar Alsayyad, Cairo, Histories of a City, The Belknap Press of Harvard University Press.